AF355513

Ernst Wichert

Ewe
(Historischer Roman)

e-artnow 2018

Gustav Freytag
Die verlorene Handschrift (Historischer Roman)

Georg Ebers
Die Gred - Historischer Roman aus dem alten Nürnberg

Emilio Salgari
Pharaonentöchter (Historischer Abenteuerroman)

Sophie Wörishöffer
Onnen Visser: Der Schmugglersohn von Norderney (Historischer Abenteuerroman)

Georg Ebers
Die Frau Bürgemeisterin (Historischer Roman)

Ernst Wichert

Ewe (Historischer Roman)

e-artnow, 2018
Kontakt: info@e-artnow.org

ISBN 978-80-273-1958-9

Inhaltsverzeichnis

Das litauische Grenzdorf Naujokat-Peter-Purwins besteht von alters her aus zwei großen und vier kleineren Höfen, die Eigenkaten nicht gerechnet, die auf abgezweigtem Weidelande erbaut sind. Seit unvordenklichen Zeiten saß auf dem hintersten von den beiden großen Höfen die Familie Naujoks, auf dem vorderen die Familie Purwins, und von ihnen hatte unzweifelhaft das Dorf den Namen angenommen. Der Zusatz »Peter« war einmal zur Unterscheidung eingeschoben, als auch einer der kleineren Höfe durch Kauf oder Heirat in den Besitz eines Naujoks oder Purwins gekommen war. Übrigens bestand, soweit sich die ältesten Leute erinnern konnten, Feindschaft zwischen den Besitzern der beiden großen Höfe, die gar keinen andern Grund hatte, als daß jede der beiden Familien wegen ihres Besitzes als die erste und angesehenste betrachtet werden wollte. Kam es auch selten zu offenem Streit, so fehlte doch nie die Gelegenheit zu eifersüchtigem Übelwollen, und hielt man sich in Worten zurück, so gönnte man einander doch nichts Gutes.

Jetzt war Eigentümerin jenes Hofes die Urte Naujokene, Witwe des vor etwa zwei Jahren verstorbenen Wirts Martin Naujoks, eine Frau in den Vierzigern. Sie hatte keine Kinder, und die Kinder ihres Mannes aus dessen erster Ehe waren sämtlich abgefunden und auswärts angesessen oder im Dienst. War auch infolgedessen das Grundstück nicht schuldenfrei, so galt die Naujokene doch für eine »reiche« Frau, und man fand es ganz in der Ordnung, daß sie trotz ihres vorgeschrittenen Alters viel umworben wurde. Heiratete sie nicht einen Naujoks, so war freilich die alte Beziehung zwischen dem Hofe und der Familie auch äußerlich aufgehoben. Daraus hätte sie sich aber nichts gemacht, wäre ihr nur der Freier genehm gewesen.

Der vordere Hof war noch im Besitz der Purwins, und es hatte nicht den Anschein, als ob sie da so bald aussterben sollten. Der alte Adam Purwins kränkelte zwar, seit er einmal nach dem Verkauf von Flachs betrunken aus der Stadt gekommen, aus dem Schlitten gefallen und die Nacht über im nassen Schnee liegengeblieben war, wollte doch aber das Grundstück noch nicht abgeben und ein Ausgedinge nehmen. Seine beiden Söhne Ansas und Jurgis waren zu Hause und halfen als Knechte in der Wirtschaft; auch die jüngste Tochter Ewe diente beim Vater. Eine ältere Tochter war in der Gegend von Kinten verheiratet und gut versorgt. Die Frau lebte schon lange nicht mehr.

Das war einer von den Gründen, weshalb die Wirtschaft schon seit Jahren eher zurück als vorwärts ging. Die Hausfrau fehlte, und Ewe konnte das Mannsvolk nicht in Ordnung halten. Sie war auch selbst von leichter Art und so ohne Aufsicht der Mutter aufgewachsen, leidenschaftlich und nicht daran gewöhnt, sich Beschränkungen ihres Willens aufzulegen. Lieber ging sie abends mit den anderen Mädchen singend auf der Dorfstraße hin und her, als daß sie zu Hause nach dem Rechten sah, und zur Winterszeit in der Spinnstube wußte sie zwar die schönsten Geschichten zu erzählen und ausgelassene Scherze zu treiben, kam aber mit der Arbeit schlecht vorwärts. Die Magd tat im Stall und in der KleteEin besonderes Gebäude zur Aufbewahrung von Vorräten neben dem Hause. , was sie wollte, und die alte Gaidullene, die Wohnungsrecht und ein kleines Ausgedinge hatte, nahm sich, was ihr gefiel. So sah man's denn schon dem Strohdach und den Lattenzäunen an, daß die Purwins zurückkamen. Es war auch bekannt, daß Ansas und Jurgis viel mit den Juden verkehrten, welche Waren über die Grenze schmuggelten, auch selbst ritten. Ewe war schon zwanzig Jahre alt geworden, und es hatte sich noch kein Mann für sie gefunden. Irgendein Habenichts konnte da freilich nicht werben. Übrigens behandelte sie die jungen Burschen übermütig genug, als ob's ihr gar nicht darauf ankäme, so bald die langen blonden Zöpfe unter das Kopftuch zu stecken. Neckte man sie, so sagte sie wohl lachend: »Ich hab' schon meinen Schatz in Gedanken, und der wird mein Mann, oder keiner.« Manchmal fügte sie auch das Reimsprüchlein bei: »Er hat ein Pferd, ich hab' 'ne Kuh; was sonst noch fehlt, gibt Gott dazu.« Niemand nahm's für Ernst.

Mit der Naujokene stand sie nicht auf gutem Fuß. Das ergab sich eigentlich schon von selbst aus der alten Rivalität der Höfe; aber auch sonst hätten sie schlecht miteinander gestimmt. Die Naujokene gehörte zur Sekte der »Frommen«, zeigte ein strenges Wesen und sah meist verdrießlich aus. Ewe meinte, sie schneide dem lieben Gott ein Gesicht, weil er sie täglich älter statt jünger werden lasse, und sie gehe nur so oft in die »Versammlungen«, um sich den geduldigsten Mann auszusuchen. Die Witwe dagegen schalt sie ein leichtsinniges Ding und gab zu verstehen, daß man sich nicht wundern sollte, wenn bei den Purwins »etwas passiere«. Sie sprachen beide laut genug, daß man's über die Dorfstraße hören konnte.

Eines Tages, Anfang September, stand Ewe im Garten hinter der Klete und schlug mit einer Bohnenstange die kleinen rotbäckigen Äpfel vom Baum, die sich mit der Hand nicht erreichen ließen. Den blauen Rock hatte sie vorn faltig aufgenommen und unter das bunte Band gesteckt, mit dem die Weste unter der Brust geschnürt war, und so hing er wie eine Tasche, in die sie nun die Äpfel sammelte, um sie dann in den Flechtkorb von Weidenruten auszuschütten. Sie schlug mitunter in der Ungeduld so kräftig zu, daß ein ganzer Ast abbrach; aber das kümmerte sie wenig: der liebe Gott mochte einen andern wachsen lassen.

Schon mehrmals war hinter dem Vorratshause her ein häßliches altes Weib bis dicht an den Lattenzaun getreten, um in den Garten zu spähen. Das schwarze Kopftuch ließ vom Gesicht nicht viel mehr ernennen als die kleinen stechenden Augen, die Habichtsnase und den breiten zahnlosen Mund. Nun klopfte die Alte mit der knöchernen Hand gegen das Querbrett und rief hinüber: »Hole nur nicht im Eifer aus mit der Stange, Töchterchen. Dort steht mein Apfelbaum, wie du weißt, und ich will nicht, daß die Früchte ins Gras fallen, bevor sie reif sind. Was da am Boden liegt, sammelt doch der auf, der es findet.«

»Sorge nicht, Gaidullene«, antwortete das Mädchen, »ich schlage nur nach dem, was mir gehört, und ich habe genug Äpfel für den Sommer und Winter. Was von deinem Baume abfällt, ist wurmstichig, und meinetwegen mag es im Grase verfaulen; ich bücke mich nicht danach. Tut's ein anderer, so passe ihm auf. Ich habe freilich sagen hören, daß die Gaidullene sich gerade den Baum mit den süßesten Äpfeln zu ihrem Ausgedinge ausgesucht hat.«

»Wer die Wahl hat, nimmt sich das beste Stück«, sagte die Alte, »und die Verschreibung ist in allem andern nicht zu meinem Vorteil; das hab' ich alle Tage erfahren. Dein Großvater hat mich überlistet, als ich ihm vor dreißig Jahren mein Kätnergrundstück nebenan abtrat. Ich hätte lieber mit dem Peter Naujoks verhandeln sollen, dem's auch paßte. Wir haben zuviel Branntwein getrunken, bevor wir aufs Gericht gingen, und da war er sehr freigebig. Hinterher aber hat er mich gezwackt, wie er konnte. Dein Vater hat's nicht besser gemacht und sich einmal im Prozeß sogar zwei Scheffel Korn abgeschworen. Dafür wird der Teufel seine Seele greifen. Ich muß auf das Meinige sehen, sonst bleibt mir nur gerade genug zum Verhungern.«

Ewe lachte, daß die weißen Zähne in der Sonne glänzten. »Kommst du wieder auf die alten Geschichten!« rief sie. »Ich denke, du hast nicht zu klagen; denn ich passe dir wenig auf. Deine eiserne Kuh gibt soviel Milch, daß sich die Leute wundern, und dein Getreide hat so gut gereicht, daß du neulich noch einen Sack an den Abroms verkaufen konntest. Es geschah des Abends spät über den Zaun, und ich kann nicht dafür, daß ich's zufällig gesehen habe.«

Der Alten zitterte das Kinn vor Ärger. »Du liebst spitze Reden, Töchterchen«, knurrte sie, »das wird dir dein Mann abgewöhnen müssen. Aber Gott weiß, daß du mir Unrecht tust. Meine Kuh gibt gute Milch, weil ich nicht träge bin, den Pflock täglich dreimal auszuziehen und an anderer Stelle einzuklopfen; das Getreide war ehrlich erspart, und wenn ich auf meinen Apfelbaum aufpasse, so weiß ich wohl, wer lieber süße Äpfel als saure ißt. Damit will ich sonst nichts gesagt haben, Töchterchen.«

Sie zog sich hinter die Ecke der Klete zurück. Ewe zuckte die Achseln und setzte trotzig den Mund auf. Die Hand wie ein Dach gegen die Sonne vor die Stirn haltend, lugte sie zum Wipfel auf und setzte die Stange in Bewegung. Dabei schwenkte sie dieselbe nun wirklich so weit rückwärts, daß der Nachbarbaum getroffen werden mußte, und es rasselten denn auch von dort durch das Laub ein paar Äpfel ins Gras. Sie lachte dazu.

Indessen hatte sich auf der Dorfstraße mit ziemlich müden Schritten ein junger Mann genähert. Er trug die blaue, mit vielen kleinen Knöpfen besetzte Tuchjacke der Litauer, ein Beinkleid von weißer Leinwand und eine Soldatenmütze mit Schirm. Seine Stiefel waren bestäubt; an dem Stock, den er über die Schulter gelegt hatte, hing ein Bündel. Er war groß und schlank gewachsen, das kleine Bärtchen über der Oberlippe gab ihm ein keckes Aussehen, und trotz der Müdigkeit hielt er sich gerade. Die kurze Pfeife aber brannte nicht mehr und pendelte mit der Hand, die sie hielt, beim Gehen.

Jetzt, dem Strauchzaun gegenüber, warf er einen Blick in den Garten hinein, und stand still. Er beobachtete eine Weile das geschäftige Mädchen, und das Gesicht wurde freundlicher. Dann machte er eine halbe Wendung und trat einige Schritte näher. Eben bückte Ewe sich, um ihre Ernte in den Rock zu sammeln. Sie wurde aufmerksam, richtete sich sogleich wieder auf und ließ den Apfel fallen, den sie gefaßt hatte. »Mikelis«, rief sie, offenbar freudig überrascht, »bist du's denn wirklich?«

Der so Angeredete sprang über den flachen Graben, stützte sich auf der Kante vor dem Strauchzaun gegen den Stumpf einer Weide und nickte dem Mädchen zu. »Grüß' Gott, Ewe«, sagte er; »es ist hübsch, daß du mich nicht vergessen hast.«

Sie wurde rot im Gesicht und nestelte den Haken des Mieders zu, der sich über der vollen Brust bei der Arbeit gelöst hatte. »Nun, so lange bist du doch noch nicht fort«, entgegnete sie und trat dabei näher. Sie streckte den Arm mit dem weiten, weißen, am Queder rot und blau gestickten Ärmel über den Zaun und schüttelte ihm die Hand. »Bist du nun ganz frei?«

»Meine drei Jahre sind um«, antwortete er. »Eigentlich fehlt noch ein Monat, aber einige von der Kompanie sind früher entlassen, da sie sich gut geführt haben. Da komm' ich nun nach Hause und treffe dich zuerst – das ist ein gutes Zeichen.«

»Geb's Gott«, sagte sie lachend, »ich gönne dir gern alles Gute. Warum bist du denn nicht ein einziges Mal auf Urlaub gekommen, Mikelis?«

»Von Berlin war's zu weit, und ich hatte auch nicht soviel Geld. Und dann . . . ich wußte auch nicht einmal, ob ich meinem Schwager, dem Adam Grillus, recht käme! Nach dem ersten Jahre mußte ich ihm schreiben, daß ich mein Erbteil von hundert Talern in zwei Raten heraushaben wollte, und darüber ist er sehr ärgerlich gewesen, weil er das Geld in der Stadt zu hohen Zinsen aufnehmen mußte. Ich konnt' ihm aber nicht helfen.«

»So hast du dein Erbteil verbraucht, Mikelis?«

»Bis auf den letzten Groschen. Bei der Garde in Berlin ist mit dem Traktament nicht auszureichen, und wenn man sich nicht lumpen lassen will, muß man von dem Seinigen zulegen und zu rechter Zeit einen blanken Taler auf den Tisch werfen. Es geht da flott her bei der Garde.«

»Wir wird's dir nun bei uns gefallen?« fragte sie, die Augen senkend.

»Hoffentlich gut!« versicherte er. »Ich hätte wohl in Berlin bleiben können; mein Major bot mir einen guten Dienst an. Aber es zog mich zurück in die Heimat, wo ich doch werde schwer arbeiten müssen. Einen Tag und eine Nacht bin ich auf der Eisenbahn gefahren und dann noch einen halben Tag; darauf bin ich ein paar Stunden zu Fuß unterwegs – es ist nicht viel anders als zwischen gestern und heute. Aber wie ich nur auf litauischen Boden trat, war mir's gleich, als hätt' ich alles Fremde vergessen, das ich in drei Jahren angelernt, und könnte kein Wort Deutsch mehr sprechen. Als was ich geboren bin, als das will ich auch sterben.«

Ewe lachte. »So sagt ihr alle, wenn ihr zurückkommt; späterhin aber zeigt sich's doch bald, daß ihr nicht mehr mit ganzem Herzen bei uns seid. Die Feldarbeit wird euch zu schwer, und ihr spielt lieber im Wirtshause die Herren.«

Er seufzte. »Wenn ich's nur mit dem Meinigen zu tun hätte, Ewe! Da wollt' ich gern arbeiten und mich keine Mühe verdrießen lassen. Aber das väterliche Grundstück hat nun die Schwester, weil ihr Mann Geld mitbrachte und das Notwendigste auszahlen konnte. Wir andern Geschwister mögen sehen, wie wir in der Welt durchkommen. Wenn aber einer nicht der Wirt ist, so ist er der Knecht, und vom Knechtslohn läßt sich schwer sparen. Man muß sehen, ob man beim Reiten über die Grenze Glück hat. Da ist bald ein gut Stück Geld verdient, und nach ein paar Jahren reicht's vielleicht aus, etwas zu kaufen, wenn auch nichts Großes. Der Wirt zu werden, darauf kommt's an.«

»Du hättest dein Erbteil doch nicht verbrauchen sollen, Mikelis.«

»Es ging nicht anders. Ich hab's gar nicht in der Art, zu verschwenden oder durchzubringen, und wenn ich nicht sparsam gewesen wäre, hätt's nicht einmal so weit gereicht. Ich hab's aber klug genug angefangen, daß die hundert Taler sich verdoppelten. Die Kameraden waren immer bald mit ihrem Gelde fertig, und dann liehen sie von mir bis zum nächsten Zahltag gegen Zinsen, soviel ich auch forderte. Ich hab' auch gelernt, wie man ein Papier schreibt, das sie Wechsel nennen. Darauf muß sofort gezahlt werden, was geschrieben steht, und es geht keinen was an, weshalb so oder soviel geschrieben ist. Unter den Leuten wird man klug. Hätt' ich noch einmal die hundert Taler, ich wollt' sie wohl auch hier zu brauchen verstehen.« Das sagte er recht wohlgefällig, und die Augen blitzten dazu listig.

Ewe zupfte an ihren Westenbändern und blinzelte von unten auf. »Du mußt dich reich einheiraten«, sagte sie forschend.

»Das kann kommen«, meinte er, den Kopf aufwerfend. »Wir kennen einander gut genug und haben uns schon als Kinder versprochen – willst du mich jetzt haben?«

Sie schlug ihm mit der Hand auf den Arm und zeigte lachend die weißen Zähne. »Du wärst mir schon recht«, antwortete sie, »aber ich bin nicht reich.«

»Nun – dein Vater hat den großen Hof.«

»Aber es sind Schulden darauf, und die Brüder werden mir nicht viel lassen. Ich bin das jüngste Kind. Nimmt der Vater ein Ausgedinge, so bleibt vom Kaufgeld nicht viel übrig, und heiratet er noch einmal, so kann ich als Magd dienen gehen.«

»Er wird doch nicht.«

»Wer weiß? Er klagt oft, daß wir's ihm in der Krankheit nicht recht machen. Eine Frau, meinte er, hat eine weichere Hand.

»Mancher hat auch schon Schläge bekommen.«

»So oder so – zum Wirt kann ich dich nicht machen.«

Er rückte die Mütze von der Stirn zurück und zog die Achseln auf. »Es ist schade, Ewe – wir hätten ein gutes Paar abgegeben. Eh' ich wegging, dacht' ich bestimmt . . . und auch in Berlin . . .«

Sie wurde blutrot im Gesicht. »Sprich nicht dummes Zeug«, sagte sie, doch gar nicht ärgerlich. »Gespaßt ist genug. Das hast du wohl auch draußen gelernt, wie man so dreist mit den Mädchen spricht.«

»Es ist schade«, wiederholte er und rückte das Bündel auf seiner Schulter zurecht.

Ewe faßte in ihren Rock und brachte eine Hand voll Äpfel vor. »Willst du?« fragte sie.

»Gib, ich bin hungrig, und ich weiß nicht, ob mein Schwager mich zu Tisch ladet.« Er steckte die Äpfel in seine Tasche und biß in den letzten sogleich hinein. »Wir sehen uns nun öfter«, sagte er, »und wollen gute Nachbarschaft halten wie früher.« Damit grüßte er und ging.

II

Michel Endrullis hatte es nicht weit bis zu seines Schwagers Hof. Grillus empfing ihn nicht so ganz unfreundlich, als er erwartet hatte. »Ich wußte ja«, meinte er, »daß deine Zeit bald um sein müßte. Festlegen kannst du dich nicht bei mir, aber es ist gerade in der Wirtschaft viel zu tun, und Arbeiter sind schwer zu haben. Wenn meine Frau damit zufrieden ist, magst du für's erste bleiben, und ich will dir Lohn geben, soviel andere bekommen.«

»So mag's gehen«, antwortete Michel Endrullis. »Aber daß es nachher nicht Streit gibt – du weißt doch, daß ich mit meinem Erbteil noch nicht ganz abgefunden bin?«

»Was –? Die hundert Taler hast du bekommen.«

»Ja. Aber in der Verschreibung steht: Hundert Taler und ein Pferd.«

Grillus kratzte den Kopf. »Steht das?«

»Lies nach, wenn du's vergessen hast. Das Pferd will ich nun haben, und es muß ein gutes Pferd sein, auf das ich mich verlassen kann.«

»Ein besseres, als ich selbst habe, kann ich dir doch nicht geben.«

»Auf dem Pferdemarkt hat man die Auswahl.«

»Dränge mich nicht, Mikelis. Willst du's mit Geld ausgleichen, so sage, was du forderst. Zahle ich nicht gleich, so zahle ich mit guten Zinsen.«

»Nein, ich will das Pferd haben.«

»So komm in den Stall. Du sollst wählen dürfen – nur den Fuchs nehme ich aus.«

Sie gingen in den Stall. Die Frau kam mit. »Fange nicht gleich wieder Händel an«, bat sie ihren Bruder.

Die Pferde wurden herausgeführt, besehen, zur Probe geritten. »Da ist keins für mich passend«, sagte Michel Endrullis, »als der Fuchs.«

Es gab Lärm und Streit. Endlich mußte Grillus sich doch fügen. Die Schwäger kamen überein, daß Michel vorläufig im Hause bleiben und für seinen Unterhalt arbeiten, das Pferd aber noch den Herbst über im Stall lassen wollte. Der Wirt dürfte es in der Wirtschaft brauchen, müßte ihm aber dafür das Futter geben. Wolle Michel es »zum Reiten«, das hieß zum Schmuggeln, brauchen, so stehe das bei ihm.

Darauf wurde noch denselben Abend mit den Nachbarn ein guter Trunk getan.

Als die Nächte dunkel wurden, ritt Endrullis für die Juden mit Spiritus über die Grenze. Auch die beiden Purwins waren dabei. Für den Gewinn kaufte er ein kurzes Gewehr. Einmal kam's auch zu einem Gefecht mit russischen Soldaten, und einer von ihnen erhielt einen Schuß. Im Dorfe erzählten sich die Mädchen von seiner Waghalsigkeit, und Ewe sagte: »Wenn er auf dem Fuchs sitzt, sieht er aus wie ein General. Das macht, weil er bei der Garde gedient hat.« Es war bald gar kein Geheimnis mehr, daß sie ganz toll in ihn verliebt war. Endrullis ließ sich's gefallen, band sich aber doch nicht. Dazu war er, wie er selbst rühmte, »zu klug«.

Täglich führte ihn sein Weg, wenn er zur Feldarbeit ging, auch an dem Hofe der Naujokene vorbei. Die Frau sah er oft in der Tür stehen und grüßte freundlich. Sie war immer sehr ordentlich und reinlich gekleidet, als ob sie zur Kirche gehen wollte. Die Mägde wußten sich etwas darauf, daß ihre Herrin stets sechs Röcke übereinander trüge; denn das war ein Zeichen von Wohlhabenheit. Übrigens wählte sie dunkle Farben, wie einer Witwe zukam, schwarz oder schwarzblau, und trug die Jacke hoch bis unter das Kinn zugehakt, nur den weißen Hemdenkragen ein wenig überstehend. Die Figur sah stattlich genug aus, und auch das Gesicht war noch ziemlich glatt, wenn sie es stillhielt. Sprach sie freilich, so zog die Stirn Falten, und wurde sie ärgerlich, so rötete sich plötzlich die Nase und das Kinn. Das geschah, wie die Dienstleute behaupteten, gar nicht selten.

Michel Endrullis gefiel ihr, vielleicht nicht zum wenigsten deshalb, weil er auch der Ewe Purwins gefiel. Er hielt sich noch immer so gerade, wie er's von seiner Dienstzeit her gewohnt war, bürstete täglich seine Jacke und behandelte die Pferde gut. Die Arbeit schien ihm leicht von der Hand zu gehen; frühmorgens war er schon auf, und abends, wenn er vom Felde zurückkam, pfiff er ein lustiges Stückchen. Eines Tages rief sie ihn zu sich heran und sagte: »Gedenkst du bei deinem Schwager zu bleiben, Mikelis?«

»Den Winter über vielleicht«, antwortete er, »wenn wir uns so lange vertragen.«

»Und was wirst du dann anfangen?«

»Ich werde mich nach einem Dienst umsehen müssen; denn kaufen kann ich nichts.«

Sie musterte ihn wohlgefällig. »Ich will dir einen Vorschlag machen, Mikelis. Du weißt, daß eine Witfrau es schwer hat, mit fremden Leuten zu schaffen, in den Ställen nach dem Rechten zu sehen und das Feld ordentlich zu bestellen. Sie muß da einen haben, dem sie Vertrauen schenken kann. Nun war aber dein Vater ein guter Freund meines verstorbenen Mannes, und dich kenne ich von Kindesbeinen an. Beim Militär hast du dich gut geführt und auch Ordnung gelernt. Willst du als Knecht in meinen Dienst treten, so kann's gleich zu Martini richtig werden. Ich will dich über die anderen Leute setzen und dich auch sonst halten wie eines Nachbars Sohn. Den Lohn magst du selbst bestimmen, und um ein paar Taler werde ich nicht dingen. Willst du dir das überlegen?«

»Das ist nicht viel zu überlegen«, entgegnete er. »Muß ich dienen, so diene ich dir so gern als einem andern, und mir kann's gefallen, hier im Dorf zu bleiben und den Wirt zu spielen, solange ich's nicht wirklich bin. Ich hoffe, daß du mit mir zufrieden sein wirst.«

»So schließen wir also gleich ab«, sagte sie offenbar erfreut und reichte ihm die Hand zu.

»Das heißt . . .«, wendete er zögernd ein, »wenn dir auch meine Bedingung recht ist.«

»Was ist das für eine Bedingung?«

»Ich hab ein Pferd, das ist mein einziges Besitztum, und davon will ich mich nicht trennen. Willst du's in deinen Stall nehmen und ihm Futter geben, so mag es auch in der Arbeit mithelfen. Wenn ich aber reiten will, so bin ich so weit mein eigener Herr und habe niemand zu fragen; denn es kommt mir darauf an, daß ich außer dem Lohn etwas verdiene. Mein Vater ist Wirt gewesen und mein Großvater auch – da will ich nicht zurückbleiben. Kann ich's nicht erben, will ich's erwerben.«

Darauf ging die Naujokene gern ein, und als nun Martini herankam, zog Michel Endrullis bei ihr als Knecht an, nicht wie andere Knechte sonst, sondern reitend auf seinem Fuchs. Die Ewe rief ihm spöttisch nach: »Halt dein Herz fest, Mikelis!« Er aber wendete sich zurück und antwortete lachend: »Meine Mutter ist lange tot, und eine zweite brauche ich nicht.«

Das war wohl ganz ernst gemeint. Aber es zeigte sich doch bald, daß Ewe nicht ohne Grund gewarnt hatte. Nachdem einige Monate vergangen waren, wußten die Mägde kichernd zu erzählen, wie gut der Mikelis gehalten würde. So schlimm die Frau oft gegen sie sei, so höre er doch nie ein böses Wort, könne schalten und walten, wie er wolle. Bei Tisch schiebe sie ihm die fettesten Bissen zu, und zu Weihnachten habe sie ihm eine noch ganz neue Tuchjacke und den besten Pelz von ihrem verstorbenen Manne geschenkt. Wenn sie Sonntags zur Fahrt nach der Kirche so viel Röcke anziehe, daß sie kaum auf dem Schlitten Platz habe, so wisse man wohl, daß sie sich nicht allein für den lieben Gott ausputze. Man hatte ihr auch schon aufgepaßt, wie sie mit Endrullis in der Klete gewesen war und ihm die Kasten mit Leinenzeug und Betten aufgeschlossen hatte. Davon sprach nun das ganze Dorf, und die meisten sagten: »Der macht da sein Glück! Die Naujokene ist noch in den Jahren – und bringt nicht einmal Kinder mit. So gut trifft's selten einer.« Ewe nur nannte sie ein altes Weib und einen Drachen. Wenn sie ihr begegnete, zog sie ihr ein Gesicht, und in der Kirche setzte sie sich recht geflissentlich in ihre Nähe, als ob sie dem Michel Endrullis zeigen wollte, was für ein Unterschied zwischen ihnen sei.

Michel war ein schlauer Bursche und merkte ganz gut, wie die Sache stand. Er war nur mit sich selbst nicht einig, ob er zugreifen sollte. Zu einem solchen Hofe kam er auf andere Weise nicht. Wäre nur die Ewe nicht gewesen –! Da war nun sein Herz arg zwiegespalten: die Ewe hätte er gern gehabt – aber den großen Hof auch. Und eine Torheit, meinte er, dürfe er unter allen Umständen nicht begehen; dazu sei er denn doch zu weit »in der Welt herumgekommen«.

Eines Abends paßte er Ewe auf, als sie aus der Spinnstube nach Hause ging. »Laß das die Naujokene nicht merken«, zog sie ihn auf, »daß du mir im Dunkeln nachgehst«, hing sich aber doch an seinen Arm.

»Warum?« fragte er keck und faßte ihre Hand.

»Die Leute sprechen davon, daß es im Dorfe bald eine Hochzeit geben wird.«

»Das könnte wohl sein, wenn dein Vater und deine Brüder wollten.«

»Wenn du mich meinst, Mikelis, zur Hochzeit gehören denn doch allemal zwei.«

»Gewiß. Sind zwei einander gut, das ist unter ihnen bald richtig gemacht. Aber . . .«

Ewe drückte zum Zeichen des Einverständnisses seine Hand und lehnte sich an seine Schulter. »Was meinst du?« Ihr glühten die Backen. Er hätte jetzt alles von ihr verlangen können, was sie zu geben vermochte. So gern hätte sie ihn für sich gewonnen.

»Sprich mit deinem Vater und deinen Brüdern«, sagte er. »Sie werden dir den Hof nicht überlassen; aber vor Jahren ist das Kätnergrundstück des Gaidullis zugeschrieben worden. Vielleicht sind sie einverstanden, daß es wieder abgeschrieben wird und dir als Erbteil zufällt. Du kannst sagen, du wüßtest einen, der dir etwas Geld leihen würde, wenn's durchaus zur Abfindung nötig wäre, und wie du hinterher zu Haus, Stall und Scheune kämest, das ginge sie nichts an. Hast du das Land, so wird das andere sich finden.«

Ewe fühlte sich arg enttäuscht. Sie ließ den Kopf hängen. Und doch war's schon etwas, daß er ihretwegen Kätner werden wollte, da er ohne sie ein großer Wirt werden konnte. »Sprich du selbst mit dem Vater, Mikelis«, bat sie.

»Nein – das kann nicht geschehen. Mein Name darf nicht genannt werden. Wird aus der Sache nichts, so will ich freie Hand behalten –«

»Bei der Urte . . .!«

»Da oder wo anders.«

Sie biß die Lippe. »Es wird dich gereuen, Mikelis, eine alte Frau genommen zu haben.«

»Ich habe sie ja noch nicht genommen.«

»Jetzt ist sie süß wie Honig und zahm wie ein Täubchen. Hat sie erst, was sie will, so wird sie ihr Teufelsspiel anfangen. Ins Zuchthaus kommen denke ich mir nicht so schlimm, als an so etwas zeitlebens gebunden sein.«

Er schnippte mit den Fingern in die Luft. »Pah! Wer der Wirt ist, ist der Herr. Aber ich will nichts gesagt haben. Bekommst du das Land, so darfst du dir meinetwegen keine Sorge machen. Wenn nicht, so muß freilich jeder zusehen, wie er sich am besten in die Welt schickt. Der Arme kann nach seinem Herzen nicht viel fragen.«

Sie machte sich hastig von ihm los. Gleich aber fiel sie ihm wieder um den Hals.

»Wenn du mir gut wärst, Mikelis, wie ich dir gut bin . . .«

»Ich bin dir gut, glaub's nur. Aber so unvernünftig . . .« Er küßte sie.

»Lieber unvernünftig, als zu wenig! Mikelis, tu's nicht!«

»Was?«

»Ach, geh!«

»Sprich mit deinem Vater, Ewe.«

»Und wenn nicht –«

»Man muß es abwarten.«

Sie seufzte recht schwer, löste ihre Hand und lief fort.

Das Weibsvolk ist doch recht närrisch, dachte Endrullis. Er hatte jetzt nur die Hand nach rechts oder links auszustrecken.

III

Ewe sprach nun auch mit den Brüdern und sprach mit dem Vater; aber zu dem gewünschten Ziele kam sie nicht. Am ehesten war noch Jurgis geneigt, ihr zuzustimmen, da er selbst für sich wenig zu hoffen hatte. Ansas aber wollte von der Abtrennung des Kätnerlandes nichts wissen. Es sei eine gute Wiese dabei, und ohne die lasse sich nicht wirtschaften. Purwins war krank und dachte nur darauf, wie er sich ein möglichst großes Ausgedinge sicherte. Nun wußte ihn Ansas zu überreden, die Angelegenheit schnell zu ordnen, damit Ewe ihn in Ruhe ließe. Sie fuhren also aufs Gericht und schlossen den Vertrag ab. Für Ewe wurde eine Summe eingetragen, die erst nach des Vaters Tode fällig sein sollte.

Nun war für Michel Endrullis die Sache entschieden. Er meinte, bewiesen zu haben, daß er genügsam sei. Ewe war nun einmal nicht zu haben; sie selbst mußte es nun ganz natürlich finden, daß er unter solchen Umständen »sein Glück« nicht von der Hand wies. Ehrlicher als er konnte kein Mensch verfahren.

Er wollte nun aber auch recht schlau vorgehen und lieber gebeten sein als bitten. Darum sagte er nach Ostern der Wirtsfrau, bis zum nächsten Martini sei's zwar noch weit hin; er wolle ihr's doch aber nicht vorenthalten, daß er darüber hinaus nicht zu bleiben gedenke. Sie möge sich danach beizeiten einrichten.

Urte fragte verwundert, ob es ihm bei ihr an etwas fehle und wo er's besser zu haben hoffe. Michel antwortete ausweichend; auf die Dauer könne es doch nicht so bleiben, und so sei es besser, er gehe wieder nach Berlin zurück und nehme seines Majors Anerbieten an. Ein tüchtiger Mensch komme draußen schneller und leichter zu etwas. Das sei doch so eilig nicht, meinte sie; sie habe sich an ihn gewöhnt und könne ihn schwer missen. Nun trumpfte er. Er habe gehört, daß sie zum Herbst wieder heiraten wolle. Und sei's nicht zum Herbst, so sei's doch sicher zum Frühjahr. »Bei deinem künftigen Manne will ich nicht als Knecht dienen, da ich jetzt halb wie der Herr angesehen bin.«

Die Naujokene war aber auch nicht auf den Kopf gefallen und merkte, daß er sie ausforschen wolle. Das war ihr ein gutes Zeichen, und sie sah ihn daher freundlich an und antwortete: »Es kommt vielleicht nur auf dich an, Mikelis, ob du ganz wie der Herr angesehen sein willst.«

Das war deutlich genug, aber er tat doch, als ob er sie noch nicht verstünde. »Das Grundstück kann ich dir nicht abkaufen«, sagte er.

»Und ich will's auch nicht verkaufen«, erwiderte sie. »Wenn dir's aber gefällt, kannst du's umsonst haben und auch die Wirtin dazu. Höre, ich will mit dir unter vier Augen ganz offen sprechen, weil ich wohl sehe, daß du zu bescheiden bist, mir's in meinen Jahren anzutragen. Ich brauche einen Wirt, und der muß jung und kräftig sein, damit ich im Alter eine gute Stütze habe. Du hast dich in kurzer Zeit gut bewährt, Mikelis, und ich kann dir auch in Zukunft Vertrauen schenken. Willst du mich heiraten, so kannst du noch vor Martini der Wirt sein, und das Gerede der Leute hört von selbst auf. Dumm wird dich wahrlich kein Mensch schelten, wenn du's tust.«

Das meinte Endrullis auch, und so wurden sie noch in derselben Stunde einig. Am andern Tage wußte es das Dorf, und es war keiner, der dem armen Burschen nicht sein Glück neidete. Er selbst trug den Kopf auch gewaltig hoch. Nur wenn er der Ewe begegnete, senkte er ihn tief und sah zur Seite, als ob er sich schämte. Es ärgerte ihn, daß er ihr nicht dreist ins Gesicht sehen konnte – aber er konnte nicht. Sie sagten ihm alle, daß er klug gehandelt habe, und er war doch selbst davon überzeugt; aber in ihrer Nähe wußte er, daß er eine große Dummheit mache; das sagte ihm das Herz. Er konnte doch nicht los davon.

Schon nach einigen Wochen wurde das Aufgebot bestellt. Zu Johanni gab's Hochzeit, und alle Nachbarn waren dazu geladen. Ewe blieb nicht zu Hause und war so ausgelassen lustig, als ob ihr nichts Glücklicheres hätte begegnen können. Als sie aber mit dem Bräutigam tanzte, flüsterte sie ihm zu: »Jetzt lache ich vor den Leuten; diese Nacht, allein in meiner Kammer, werde ich weinen. Denn ich weiß doch, daß du an mich denkst, Mikelis.« – »Es hat nicht anders sein können, Ewe«, antwortete er leise, »du mußt das vergessen.« – »Versuch's doch selbst«, sagte sie. »Wenn du hättest wollen, wir wären irgendwo zusammen in Dienst gegangen.« – »Es wäre ein elendes Leben geworden, Ewe.« – »Wer weiß . . .?« Sie machte sich los und tanzte mit andern. Die Urte Endrullene redete sie immer »junge Frau« an und zog dabei den Mund so spöttisch, daß die Gäste wohl merkten, wie's gemeint war.

»Du wirst deine Tochter besser in Zucht nehmen müssen«, sagte Urte innerlich verärgert dem alten Purwins, »sie hat eine lose Zunge.« Nachts gab es argen Lärm vor dem Hause, mehr noch, als es selbst der Brauch in Litauen will. Ewe hatte die jungen Burschen angestiftet, und nun flogen die alten Töpfe gegen die Fensterladen und trommelten die Weidenknüttel auf der Haustür. Gegen Morgen mußte der Gemeindevorsteher aus dem Bett und Ruhe gebieten.

Vom andern Tage ab ging's in der Wirtschaft wie zuvor. Es war keine Veränderung zu bemerken, außer daß Endrullis nun der Wirt hieß. Er wollte es freilich auch sein; deshalb hatte er ja geheiratet, und Urte schob ihn in den ersten Wochen gern überall vor, damit er als der Herr bei denen zu Ansehen komme, mit denen zusammen er zuvor gedient hatte. Nur die Schlüssel behielt sie, und alles mußte durch ihre Hand. Darüber kam's dann zum ersten Streit. Und als erst einmal die Kräfte sich gemessen hatten, galt's auch ferner für beide Teile sich zu behaupten. Bei der Wirtsfrau war die alte Gewohnheit, das Regiment zu führen, allzu stark geworden, und Endrullis wollte gerade beweisen, daß er nicht nur zum Schein der Herr sei. Fuhren sie zusammen nach der Stadt oder zur Kirche oder arbeiteten sie auf dem Felde, so verkehrten sie ganz gut und freundlich miteinander. Es war ihm nur nicht ganz wohl dabei zumute, wie sie ihm auf Schritt und Tritt aufpaßte, daß er sich im Kruge nicht zu lange verweilte und während der Predigt nicht nach den hübschen Mädchen hinüberschielte und auf dem Felde nicht mit den jungen Mädchen scherzte. Am liebsten hätte sie ihn fortwährend unter Augen gehabt. Manchmal besuchte er das Wirtshaus, nur um zu zeigen, daß er sich »von der Alten nicht einsperren« lasse.

Den Sommer über ging's bei alledem leidlich. Die Ernte fiel reichlich aus, und der Acker wurde wieder mit aller Sorgfalt bestellt. Als dann aber der Herbst mit seinen frühen Abenden und finstern Nächten herankam, und die Juden anfragten, mit wieviel Pferden man ihnen helfen wolle, da schüttete Endrullis seinem Fuchs die doppelte Portion Hafer, klopfte den Hals und sagte: »Wir müssen auch dabei sein.« Die Urte wollte davon nichts wissen. Es gefiel ihr nicht, daß ihr Mann sich die Nächte durch mit dem Judenpack herumzutreiben gedachte; auch fürchtete sie von dem Verkehr mit den wilden ledigen Burschen üble Folgen. Ob er's dann nötig habe zu reiten? Und es schicke sich für ihn auch nicht. Darauf aber wollte er nicht hören; er meinte nur, sie gönne ihm die Freiheit nicht und wolle nicht, daß er ein Stück Geld in die Tasche bekomme, das sie ihm nicht nachrechnen könne. Deshalb fruchteten ihre Bitten nichts, und als sie sich erzürnte und ihn mit Scheltreden anfiel, wurde er nur um so hartnäckiger und sagte: »Schweige still! Den Fuchs habe ich in die Wirtschaft eingebracht und habe mir vorbehalten, ihn zu satteln, wenn es mir gefällt, schon als ich zu dir zog. Hast du darin deinem Knechte nicht Vorschrift machen dürfen, sollst du's deinem Manne noch weniger.« Er tat, was ihm gefiel.

Meist ritten die Schmuggler vom Hofe des Purwins ab, da Ansas und Jurgis sich eifrig beteiligten. So hatte nun Endrullis häufiger die erwünschte Gelegenheit, sich dort aufzuhalten, und manchmal vergingen Stunden, bis die Pferde bepackt waren und die Kundschafter die Nachricht brachten, daß die russische Patrouille vorbeipassiert sei. Ewe half bei den Pferden, und so sah und sprach er sie oft. Er meinte seiner Pflicht genug getan zu haben, wenn er sie nicht geradezu aufsuchte, und sie ging ihm nicht aus dem Wege. Es blieb ihm nicht unbemerkt, daß sie sich besonders gern an seinem Fuchs etwas zu schaffen machte, Sattelgurt und Zaumzeug untersuchte und das Tier mit Brot und Zucker fütterte. Streichelte sie den glatten Hals oder kämmte sie mit den Fingern die krause Mähne, so ging's ihm warm durch die Glieder, als ob sie ihn selbst liebkoste. Und so war's sicher auch gemeint. Wollte er aber einmal ihre Hand greifen oder ihre Schulter umfassen, so entschlüpfte sie ihm wie eine Schlange. »Du meinst es ja doch nicht ernst«, sagte sie, und darauf wußte er freilich nichts zu antworten.

Einmal warf sie ihm vor, daß er allzu waghalsig reite. Die andern hätten davon viel erzählt. »Du reitest wie einer«, sagte sie, »dem das Leben nicht lieb ist.«

»Mir ist auch das Leben nicht lieb«, entgegnen er schnell. »Wenn du wüßtest, Ewe . . .«

»Ich habe dir's ja vorausgesagt«, unterbrach sie ihn. »Aber du hast nun den großen Hof und bist Wirt, wie du gewollt hast – das muß dir genug sein. Wenn dich ein Unglück träfe – der Urte wegen wäre mir's nicht leid; aber . . .«

»Aber –?«

»Ich weiß eine, die dich mehr betrauern würde als sie . . . und die hat wahrlich schon genug um dich geweint. Du sollst nicht um dein Leben reiten.«

Er schlug mit der Hand in die Luft.

Dieser Verkehr gerade war's, was Urte am meisten peinigte; denn das Mädchen war ihr verhaßt. Sie rief eines Tages die alte Gaidullene zu sich herein, beschenkte sie mit Mehl und Flachs und sagte ihr: »Passe auf, was da auf dem Hofe geschieht, wenn ich nicht dabei bin. Es soll auch ferner dein Schade nicht sein.« Die Alte verstand recht gut, was sie meinte, und versprach, die Augen offen zu haben. »Ja, ja«, knurrte sie, »mit einem jungen Mann hat man seine liebe Not, und die Ewe ist eine wilde Katze, vor der man sich hüten muß. Sie sind Nachbarskinder und haben einander immer gern gehabt.«

Eines Morgens nach einer sehr stürmischen Nacht, in der man jenseits der Grenze viel Schießen gehört hatte, kam Michel Endrullis auf schweißbedecktem Pferde ins Dorf zurückgesprengt, jagte an seinem Hofe vorbei und sprang erst vor dem des Purwins ab. Er klopfte heftig an die Läden und rief: »Macht auf! Es ist ein Unglück geschehen.« Ewe öffnete, der alte Purwins lag krank im Bette und stöhnte. »Was gibt's«, fragte er, »daß du solchen Lärm machst?« Endrullis sah ganz verstört aus, von seiner Stirn tropfte Blut. »Heiliger Gott!« rief Ewe, »du bist verwundet.« – »Das hat wenig zu sagen«, antwortete er, immer die Augen scheu abwendend, »aber deine Söhne, Adam . . .« Der Alte richtete sich hustend auf. »Was ist's mit denen? Ihr habt mit den Russen einen Kampf gehabt!« – »Ja, der Zug ist verraten – sie haben uns im Gebüsch an dem Busch, durch den wir reiten mußten, aufgelauert – zwanzig und mehr Mann. Wir bekamen gleich eine Salve, ehe wir sie noch bemerkten, und zwei von den Unsern stürzten vom Pferde. Wir wollten zurück, aber hinter uns war nun auch der Weg gesperrt. Wir sparten das Pulver nicht; das nützte in der Dunkelheit und gegen die Übermacht wenig, eine ganze Kompanie muß auf dem Platze gewesen sein. Einige sprangen ab und suchten sich zu Fuß durchzubringen. Der Ansas war gleich unter den ersten gefallen, weil er voranritt –«

»Ansas – gefallen!« schrien Purwins und Ewe zugleich auf.

»Ich hörte die Russen sagen: der ist tot. Jurgis hielt das Pferd auf und nahm's an den Zügel, um die Waren zu retten. Das war ihm hinderlich, er konnte nicht so rasch fort, als er sollte. Ich ritt dicht an ihn heran und rief ihm zu: laß los, wir wollen zusammen durchbrechen! Er war eigensinnig. Da umringten uns die Reiter und wollten uns gefangennehmen. Wir kehrten unsere abgeschossenen Gewehre um und schlugen mit den Kolben um uns. Sie aber schossen mit Pistolen. Plötzlich schrie Jurgis auf, warf sich hintenüber und stürzte zu Boden. Zwei von den Fußsoldaten hoben ihn auf und schleppten ihn fort – ich weiß nicht, ob er auch tot oder nur verwundet ist. Ich hatte etwas Luft bekommen, warf den Fuchs herum und jagte davon.«

Über diese traurige Nachricht gab's nun ein Jammern und Wehklagen im Hause und bald im ganzen Dorfe. Seit Jahren war kein solches Unglück passiert und nun zwei Brüder! Ewe machte sich sogleich marschfertig und ging über die Grenze, im Kordonhause nachzufragen, ob wenigstens Jurgis noch lebe. Man hatte ihn nach einer kleinen Stadt gebracht, in der sich ein Gefängnis und ein Hospital befand. Der Offizier dort hatte Mitleid und führte sie an ein Bett, auf dem Jurgis, von zwei Kugeln in die Brust getroffen, lag und mit dem Tode rang. Er starb wenige Stunden nach ihrer Ankunft in ihren Armen. Man sagte ihr, daß sie ein Fuhrwerk holen und die Leiche nach Preußen hinübernehmen dürfe. Ansas hatte man liegenlassen, wo er gefallen war. Noch denselben Abend brachte Ewe auf einem Leiterwagen die beiden Leichen über die Grenze und auf den Hof. Die ganze Dorfschaft hatte sich versammelt und sang Klagelieder; nur die Naujokene fehlte.

Adam Purwins, tief erschüttert von diesem Unglücksfall, überlebte seine Söhne nur wenige Monate. Bald nach Weihnachten erlag er seiner Krankheit.

IV.

So blieb nur Ewe auf dem Grundstück zurück. Ihre Schwester war abgefunden; sie konnte sich als die alleinige Erbin betrachten. Nach den unvermeidlichen Verhandlungen bei Gericht wurde sie als die Eigentümerin des Grundstücks eingetragen; der zweite große Hof in Naujokat-Peter-Purwins gehört ihr, das große Ausgedinge ihres Vaters und der Erbteil des Jurgis wurden gelöscht – sie war ganz unvermutet eine wohlhabende und ganz selbständige Besitzerin geworden.

Michel Endrullis schlug sich vor den Kopf. Wer hätte das ahnen können. Diese Veränderung der Dinge in einem Jahre! Er war so klug und hatte so viel gelernt in Berlin und wußte so trefflich in der Welt Bescheid, aber das war nicht zu berechnen gewesen. Nun hatte er die alte Frau geheiratet und mußte zusehen, wie die hübsche Ewe irgendeinen jungen Burschen zum Manne nahm, der vielleicht nicht einmal beim Militär gedient hatte, und ihm den Hof zubrachte. Er war fortwährend in so ärgerlicher Stimmung, daß die Urte sich einmal über das andere verwunderte. Sie konnte ihm nichts recht machen und hörte immer nur unfreundliche Worte. Die gab sie dann mit Zinsen zurück, und so hatte der Hader kein Ende.

Ewe schien übrigens auch jetzt gar keine Eile zu haben, aus ihrem ledigen Stande zu treten. An Bewerbern hatte sie wahrlich keinen Mangel. Alle jüngeren Söhne in der Nachbarschaft herum bemühten sich nicht wenig, ihr zu gefallen, und die Freiwerber stürmten das Haus. Als erst Gras auf den Grabhügeln ihres Vaters und ihrer Brüder gewachsen war, zeigte sie sich auch ganz so munter und frohgelaunt wie früher, sang auf der Dorfstraße und ging zum Tanz; aber ein Jawort war ihr nicht abzugewinnen. »Ich bin noch lange nicht so alt wie die Naujokene«, sagte sie wohl, »und die hat noch einen jungen Mann bekommen. Den Hof dazu hab' ich nun auch –«; oder ein andermal: »Ich habe schon einen, dem ich gut bin, und auf den warte ich. Es dauert mir nicht zu lange.«

Nur in einem Punkte hatte sie sich verändert: so lässig sie früher in der Wirtschaft gewesen war und fünf gerade gehen ließ, so genau und umsichtig wurde sie jetzt. Überall war sie hinter den Leuten her und hielt streng auf Ordnung. Die schadhaften Dächer wurden ausgebessert, die Wände weiß gekalkt, die Zäune ergänzt, die Wege und Stege von Gras gereinigt. Die Urte Endrullis sollte ihr in nichts voraus sein; sie wollte auch einen so hübschen Hof haben wie sie. Die alte Gaidullene hatte gehofft, daß nun die guten Tage für sie kommen würden; aber das war eitel Täuschung. Soviel die Verschreibung besagte, so viel empfing sie und nichts mehr. Wollte die Altsitzerin sich etwas herausnehmen, gleich war sie hinterher und zeigte ihr die Wirtin. »Ich sehe wohl«, sagte die Alte, »du bist deines Vaters Kind, und ich werde jetzt keinen bessern Frieden haben als zuvor. Du gönnst dem Armen nur knapp sein Stückchen Brot und bist nur immer auf deinen Vorteil bedacht. Aber vergiß nicht, daß auch der Reiche gute Freunde brauchen kann, und daß man in der Not bei denen nicht anklopfen soll, die man im Übermut schlecht behandelt hat. Keiner weiß voraus, wer ihm einmal nützlich sein kann, und schon manchem ist ein Bein gestellt, der sich fest auf den Füßen glaubte. Ich drohe wahrlich nicht, aber was geschieht, das geschieht oft auch ohne unser Gebot.« Ewe lachte dazu. »Die Leute sollen nicht sagen«, antwortete sie, »daß ich zu jung und unerfahren zur Wirtin bin. Willst du für mich arbeiten, so sollst du deinen Lohn haben.«

Auf dem Felde war sie die Fleißigste. Wenn sie frühmorgens, das weiße Kopftuch zierlich umgeknüpft und die lange Harke über der Schulter, hinaus und am Hause des Endrullis vorüberging, sang sie mit lauter Stimme und grüßte neckisch ins Fenster hinein. Michel stand da oft und wartete auf ihr Vorüberkommen, oder er richtete es so ein, daß er eben vor der Tür oder im Garten zu tun hatte. Die Äcker und Wiesen grenzten auch an mehr als einer Stelle, und es konnte gar nicht ausbleiben, daß sie bei der Arbeit einander nahekamen und über den Rain hin Worte wechselten oder in der Mittagshitze unter demselben Baume den Schatten suchten. Urte sah scheel dazu und ließ es nicht an bissigen Bemerkungen fehlen; aber Michel tat, als ob er sie nicht verstand, und Ewe hatte eine noch spitzere Zunge als sie. Recht ihre Lust schien sie daran zu haben, die Eifersucht der Frau zu stacheln.

Ganz anders benahm sie sich gegen Michel als zuvor, da sie noch ihres Vaters Magd war. In diesem Kopfe gestalteten sich die Dinge nach eigenem Gesetze. Sie hatte nun den großen Hof gerade so wie die Urte; das änderte auch nach ihrer Schätzung die ganze Sache wesentlich. Urte hatte jetzt nichts mehr vor ihr voraus; Michel verlor nichts, wenn er sie aufgab. Warum sollte sie nicht nehmen, was ihr doch gehörte? Weshalb sollte sie die verhaßte Gegnerin schonen? Gewissensbedenken kamen ihr gar nicht – jetzt nicht. In ihren Augen hatte Urte ihr Recht verloren; es hatte ja nie einen andern Grund gehabt, als weil sie die Wirtin war und Ewe eine Magd. Nun stand Wirtin gegen Wirtin; das einzige Hindernis, das ihrer Liebe entgegentrat, hatte ein Zufall beseitigt, der ihr eine himmlische Schickung schien. Sie konnte glücklich sein – und wollte glücklich sein.

Michel verstand Ewe; sie dachte ja zum Teil mit seinen Gedanken: wenn sie ihn mit den grauen Blitzaugen ansah, lief's ihm heiß durch die Adern, und reichte sie ihm zum Willkommen die Hand, so war's ihm, als ob seine Finger sich gar nicht mehr lösen könnten. Weil ich einmal einen dummen Streich gemacht habe, sagte er sich, soll ich dafür mein Leben lang büßen? Er wartete nicht mehr auf ein zufälliges Zusammentreffen, sondern ging abends fort – ins Wirtshaus angeblich oder auf die entfernte Weide am Bach, nach dem Vieh zu sehen – und umschlich den Hof und Garten, ob Ewe sich nicht blicken lassen würde. Selten vergeblich.

Eines Tages war die alte Gaidullene bei Frau Urte zum Besuch. Sie hatten sich wohl eine Stunde lang eingeschlossen, und dann wurde Kaffee gekocht und Kuchen aufgetragen. Den Mägden blieb es nicht unbemerkt, daß der Korb, den die Altsitzerin leer mitgebracht hatte, ihr schwer am Arm hing, als sie sich entfernte. An demselben Abend gab es Lärm auf dem Purwinsschen Hofe. Urte war ihrem Manne nachgeschlichen und hatte sich hinter einem Holzstapel am Gartenzaune versteckt. Als sie nun in der Jasminlaube leises Sprechen und Lachen hörte, sprang sie vor und überraschte Michel und Ewe, wie sie zusammen auf der Bank saßen und einander umarmt hielten. Mit einem Hagel von Scheltworten drang sie auf das Mädchen ein und fiel sie mit den Nägeln an. »Eine schlechte Person bist du«, rief sie zornig, »eine Verführerin! Treib's mit wem du willst, aber meinen Mann locke nicht. Ich will dir das dreiste Gesicht . . .« Michel trat zwischen beide und schob Urte zurück. »Mit mir hast du's zu tun«, sagte er. Aber Ewe brauchte gar keinen Verteidiger. »Wer hat ihn gelockt?« gab sie's der Frau zurück. »Du – du – du! Ich brauchte ihn wohl zu locken? Sind wir nicht als Nachbarskinder miteinander aufgewachsen? Sitzen wir heute zum erstenmal zusammen in dieser Laube? Hat er mir nicht lange, bevor er dem König diente, gesagt, daß er mir gut sei, und hinterher, daß er mich nicht vergessen habe in Berlin? Wenn du ihn nicht herangelockt hättest, wär's noch beim alten. Der Hof hat ihn geblendet. Aber jetzt hab' ich auch Haus und Hof, und wenn ich nicht so reich bin wie du, so bin ich doch jung und lustig und nehme mit dir auf. Ist er dein Mann, so halte ihn fest; wenn er aber zu mir kommt, so mag ich ihn nicht abweisen, und willst du's durchaus unter die Leute bringen, so hab' ich wahrlich nichts dagegen. Denn ich weiß wohl, wen sie auslachen werden. Und nun wag's nicht noch einmal, dich so hinterlistig auf meinem Hofe betreffen zu lassen. Sonst könnten die Hunde dich für eine Diebin halten und dir den Rock zausen. Hier bin ich die Herrin!«

Urte kochte vor Wut. Sowie sie anfangen wollte, schnitt Ewe ihr wieder das Wort ab. Michel fand's gar nicht so übel, daß die beiden Frauen um ihn zankten, und hielt sich klug zurück. Endlich faßte Urte seinen Arm und zog ihn mit sich fort. »Leb wohl, Ewe«, sagte er zum Abschied. »Ist's so weit gekommen, so mag's nun auch weitergehen.«

Er hatte diesmal keine friedsame Nacht. Urte holte zu Hause nach, was sie bei Ewe nicht hatte anbringen können, und wenn er meinte, es sei nun genug, und er könne sich auf die Seite legen, fing sie dieselbe Litanei auf einem anderen Register von neuem an. Und das war immer der letzte Vers vom Liede: »Ich leid's nicht, Mikelis! Und wenn ich dich noch einmal bei der Ewe finde und du auch nur ein freundliches Wort mit ihr sprichst, so ist's aus zwischen uns. Das Grundstück gehört mir, und du bist die letzte Zeit Wirt gewesen.« Er verhielt sich trotzig.

Am andern Tage hatte sie sich beruhigt und versuchte es nun auf andere Weise, ihn zu sich zurückzuziehen. Sie hätte ihn doch ungern verloren und redete sich's willig ein, daß er nur den kleinsten Teil der Schuld trage und bald wieder zu Verstand kommen werde. Als er sich zum Mittagessen einfand, machte sie ihm freundliche Vorstellungen, die auch nicht ohne Wirkung zu bleiben schienen. Er hatte sich's schon selbst überlegt, daß die Geschichte ein schlimmes Ende haben könnte und seine Lage sehr unsicher geworden sei.

Nun faßte sie ihn von seiner schwachen Seite. »Du bist sonst ein so vernünftiger Mann, Mikelis«, sagte sie schmeichelnd, »ein so kluger Mann – weit über deine Jahre klug und verständig. Hätt' ich dich sonst geheiratet und hier zum Herrn eingesetzt? Nun bist du aber wie blind, daß du nicht siehst, wie die Ewe, die schlaue Hexe, dich zum Narren hält. Sie hat auf dich gerechnet und verzeiht dir's nie, daß du von ihr abgegangen bist und eine kluge Wahl getroffen hast. Deshalb hat sie sich auch so bissig gegen mich gezeigt und mich mit höhnischen Reden aufgezogen, wo sie nur konnte. Dich aber hat sie so lange in Ruhe gelassen, als ihr Vater und ihre Brüder lebten; denn sie wußte wohl, so dumm würdest du nicht sein und in ihr Netz gehen, wenn du Haus und Hof zu verlieren hättest. Nun aber trumpft sie auf und meint dich überlisten und fangen zu können. Ich sage dir, sie ist eine boshafte Hexe und hat dir's nicht verziehen. Unfrieden möchte sie zwischen uns säen und uns auseinanderbringen – jawohl! Aber wenn ihr das gelungen ist, wird sie dir ein anderes Gesicht zeigen. Sie hat's gerade nötig, auf dich zu warten! Die Freier laufen sich nach ihr die Hacken ab. Und gib acht! Wenn sie dich erst so weit hat, daß du nicht sicher zurück kannst, schlägt sie dir auch dort die Tür zu. Dann stehst du auf der Landstraße, und das ist die Rache der Listigen. So verdient's auch der Dumme.« Michel horchte auf. Was Urte ihm da zu erwägen gab, war nicht leichtsinnig von der Hand zu weisen; es ging ihm schwer genug im Kopf herum. Ewe war ihm freilich gut gewesen, und es hatte den Anschein, sie sei's noch. Aber er hatte sie doch arg gekränkt und zurückgesetzt. So eitel er war, fühlte er doch, daß er eigentlich gar keinen Anspruch auf ihre fortdauernde Neigung hätte. Wenn sie handelte wie Urte argwohnte, konnte er ihr's kaum übelnehmen. Und ein wenig boshaft war sie wirklich. Er beschloß, sich nicht auf Gnade und Ungnade in ihre Macht zu geben.

V.

Einige Tage ließ er vorübergehen. Es war Erntezeit und auf dem Felde viel zu tun. Ewe ging ihren gewöhnlichen Geschäften nach und schien sich um ihn gar nicht zu bekümmern. Hatte Urte recht, oder geschah's aus Schlauheit, weil sie aufpaßte? Wie hübsch sie war, wie flink, wie munter bei der Arbeit! Mit den Leuten hatte sie immer etwas zu plaudern und zu scherzen, da konnte es ihnen nicht schwer werden. Am liebsten hätte er die Sense auf die Schulter nehmen und zu ihr übergehen mögen – »desertieren« nannte er's bei sich selbst. Aber was dann weiter? Völlig blind machte ihn die Leidenschaft doch nicht. Im Gegenteil meinte er, die Augen recht groß aufsperren zu müssen, daß er nicht in eine Falle gehe. Er hatte immer allerhand Praktiken im Kopfe, und wenn das Herz noch so laut sprach. Eines Abends, als Ewe im Graben am Wege unter einem Weidenbaum ausruhte, wußte er's so einzurichten, daß er nach seinem andern Roggenstück vorbeigehen mußte. »Ewe«, sagte er, »es kann so nicht bleiben. Darf ich morgen in der Frühe zu dir kommen? Ich habe etwas Wichtiges mit dir zu besprechen.«

Sie wandte den Kopf ein wenig zurück, nur so viel, daß sie einen raschen Blick über ihn hinstreifen lassen konnte. »Ich locke dich nicht«, entgegnete sie. »Wenn's aber dein ernstlicher Wille ist, so tu', was du mußt. Wie ich gesinnt bin, weißt du.«

»Doch nicht so ganz. Darum muß ich dich geheim sprechen. Schicke deine Leute voraus aufs Feld. Ich werde früh fortreiten, den Fuchs im Wäldchen lassen und den Bach entlang hinter den Erlen zurückgehen. Dann durch deinen Roßgarten. Schließe die kleine Hintertür am Stall nicht. Soll's so sein?«

Sie besann sich eine kurze Weile. »Das ist aber die letzte Heimlichkeit, Mikelis«, sagte sie. »Wenn du nicht den Mut hast, geradeaus deinem Herzen zu folgen, so bleibe lieber fort. Einen Schatz, der's nicht ehrlich meint, finde ich alle Tage.«

»Ich mein's ehrlich, Ewe«, versicherte er, »aber ich muß Gewißheit haben, daß auch du's ehrlich meinst.«

Statt zu antworten, lachte sie hell auf. Er konnte das nehmen, wie er wollte.

Am andern Morgen geschah's wie verabredet. Ewe erwartete ihn im Stall. »Die Gaidullene ist zu Hause«, bemerkte sie, »und dem alten Weibe ist nicht zu trauen. Meinetwegen freilich mag sie erzählen, was sie will. Aber wenn du Bedenken hast . . .«

»Ewe«, sagte er, »ich bedenke nur, was jeder andere an meiner Stelle auch bedenken müßte, wenn er bei Verstande ist. Wär's nur so zum Pfarrer zu gehen und sich trauen zu lassen! Aber bis dahin ist für uns beide leider noch ein weiter Weg.«

Sie hob trotzig das Kinn. »Aber man muß doch den ersten Schritt tun.«

»Der erste Schritt ist bald getan, Ewe. Aber wenn er getan ist, stehen wir sehr ungleich. Hab' ich mit der Urte gebrochen, so verliere ich Haus und Hof.«

»Und bei mir findest du wieder Haus und Hof, Mikelis.«

»Das kann sein, Ewe . . . aber es kann auch nicht sein.«

»Wie kann das auch *nicht* sein?«

Sie sah ihn forschend an, und die Nasenflügel bewegten sich, als wollte sie zornig aufwallen. »Mißtraust du mir, Mikelis?« fragte sie und zog ihre Hand aus der seinen.

Er haschte sogleich wieder danach. »Ich vertraue dir, Ewe«, antwortete er, »daß du's jetzt gut meinst. Aber was mit der Zeit geschieht . . .«

»Mikelis –!«

»Ich sage, wenn wir gleich zum Pfarrer gehen könnten! Das kann doch nicht sein. Und ich weiß nicht, ob dir nicht hinterher ein anderer besser gefällt . . .«

»Du denkst schlecht von mir.«

»Gewiß nicht, Ewe. Aber es kann sich selbst keiner so weit trauen. Sonst wär's ja auch nicht nötig, daß der Pfarrer aus zweien ein Paar machte.«

Sie senkte die Augen und zog die Lippe wie zum Lachen. »Es ist auch nicht nötig, wenn zwei einander wirklich liebhaben«, antwortete sie. »Haben sie einander nicht lieb, so hält das auch nicht.«

Er nickte, »Freilich! Aber, vom guten Willen hängt's doch ab – von dem allein. Und man weiß nicht, ob es beim guten Willen bleibt, wenn der eine Teil sich gebunden hat und der andere fühlt sich frei. Ich will nicht zum Gespött werden. Und wenn du's auch nicht so meinst, so wird's doch nach meinen stillen Gedanken so sein, und daraus kann nichts Gutes werden. Besser ist's, du bindest dich auch, damit wir für alle Fälle gleichstehen. Dann ist kein Zweifel, daß wir früher oder später glücklich zum Ziel kommen.«

»Wie soll ich mich binden?« fragte sie.

Er lächelte überlegen. »Gib mir eine Verschreibung, Ewe.«

»Daß ich dich heiraten will, wenn du mit der Urte auseinander bist?«

»Das könnte wenig nützen. Nein – über irgendeine runde Summe, die du mir zahlen willst, wenn du hinterher zurücktrittst.«

Sie setzte die Lippe auf. »Ich werde nicht zurücktreten.«

»Dann ist's ja so gut, als ob nichts verschrieben wäre. Nur daß ich etwas in Händen habe!«

»Du bist allzu klug, Mikelis.«

Er zuckte die Achseln. »Willst du, ich soll dir vertrauen, und vertraust du mir nicht?«

»Was soll ich dir verschreiben, Mikelis?« fragte sie nach kurzem Bedenken. »Du hast recht: es ist besser so – zu deiner Beruhigung, und damit du mir nicht den Vorwurf machen kannst, ich hätte dich von Haus und Hof gebracht. Willst du gleich das Grundstück?«

»Nein . . . Nur daß wir ungefähr gleichstehen –«

»Nenne nur die Summe – es ist gleichviel. Denn ich weiß doch, daß ich nie wanken werde.«

»Schreibe fünfhundert Taler.«

»Wie du willst. Aber wie soll ich schreiben?«

»Wie wir's abgemacht haben. Am Hochzeitstage wird das Papier zerrissen, und es gilt nur, wenn du sagst: ich will dich nicht.«

Sie lachte. »Dann gilt's nie. Es ist närrisch, daß ich so an dir hänge, aber ich kann's nicht ändern. Schreibe mir's vor, und ich will unterschreiben.«

»Das Klügste ist's«, sagte er, »wir machen einen Wechsel. Darauf schreibst du nur oben fünfhundert Taler und quer auf der einen Seite deinen Namen, so ist alles in Ordnung. Soll das Papier einmal gelten, so gilt's, ohne daß irgendein Mensch zu erfahren braucht, was zwischen uns verhandelt ist. Ich weiß damit Bescheid. In meiner Brieftasche hab' ich noch von Berlin her so einen Zettel, auf dem schon das meiste gedruckt steht. Willst du, so lasse ich ihn dir zurück. Du kannst dich ja dann noch bedenken.«

»Gib nur«, sagte sie, »da ist nichts zu bedenken. Ich will sogleich zum Schulzen gehen und dort schreiben – der hat Tinte. Dann komm auf dem Felde unter die Weide und hole dir das Papier ab. Ist's nun in Ordnung?«

Er zog den schmalen Papierstreifen aus seiner Brieftasche und zeigte ihr, indem er den Arm um ihre Schulter legte, wo sie die Zahl und wo den Namen zu schreiben hätte. Das schien ihr viel Spaß zu machen. »Und das Ding gilt dann fünfhundert Taler?« fragte sie. »Damit steckt man ja ein halbes Grundstück in die Tasche.«

»Soviel geschrieben steht«, versicherte er, »so viel gilt's.«

»Wem aber das Papier verlorengeht –?«

»So ist's, als ob man das Geld verloren hätte.«

»Dann verwahr es doch nur gut«, scherzte sie, »damit dir's niemand wegnimmt. Kannst du mir das Papier nicht zurückgeben, so heirate ich dich nicht, und wenn schon die Trauung beim Pfarrer bestellt wäre.«

Damit gab sie ihm einen leichten Schlag auf die Schulter und ließ ihn zur Tür hinaus. Lieber wäre ihr's gewesen, wenn er auf solche Gedanken nicht gekommen wäre. Aber es gefiel ihr doch auch, daß sie mit einem Federstrich über eine solche Summe verfügen konnte, und daß er auf sich etwas hielt.

Eine Stunde später auf dem Felde winkte sie ihn heran und gab ihm den Wechsel mit ihrer Schrift.

»Ist's nun richtig?« fragte sie.

»Es ist richtig«, antwortete er und schüttelte ihr die Hand. »Wann kann ich bei dir anziehen?«
»Heute noch, wenn du willst.«

»Gut. Ich will sehen, ob in der Wirtschaft alles in Ordnung ist, daß die Urte mir nichts Schlimmes nachsagen kann. Braucht sie mich da noch, so komme ich, wenn ich fertig bin.«

Dagegen hatte sie nichts zu erinnern.

Den Wechsel verwahrte er sorgsam in der Brieftasche. Er fühlte sich nun so sicher, daß ihn die Verhandlung mit der Urte gar nicht mehr beängstigte. Und so sagte er ihr denn beim Mittag gerade heraus, wozu er entschlossen sei. Urte legte den Löffel fort und stand auf. »Hast du sonst einen Grund«, fragte sie, »weshalb du von mir gehst?«

»Nein – aber der ist gut genug.«

»So ist es mir keine Schande, wenn du gehst. Du aber wirst ernten, was du gesäet hast. Ich rate dir gut: geh' nicht! Die Ewe wird dich verderben. Ich sehe dich noch einmal als Bettler an meine Tür klopfen, nachdem die Ewe dich vom Hofe gejagt hat. Ich rate dir gut: geh' nicht!«

Aber er ging doch. Nichts nahm er mit als den Fuchs, den er eingebracht hatte, seine Kleider und den verdienten Lohn aus seiner Knechtzeit und von den Schmuggelritten. Ewe empfing ihn mit offenen Armen.

Als nun Urte sah, daß ihr Mann ernst machte, lief sie zu Janis Piklaps, dem Gemeindevorsteher, klagte ihm und forderte, er solle es nicht leiden, daß ihr solches Unrecht geschehe und Ewe ihren Mann bei sich aufnehme. Der zuckte aber die Achseln und meinte, zu ändern sei's doch einmal nicht. Ein anderer an seiner Stelle hätte auch lieber eine junge als alte Frau. »Glaube nur nicht«, schloß er, »daß der Mikelis wieder von der Ewe abzubringen sein wird. Er ist in Berlin klüger geworden als wir alle und hat sich gut vorgesehen, daß sie ihm nicht den Stuhl vor die Tür setzen kann. Die Ewe ist bei mir gewesen und hat ihren Namen auf einen Wechsel über fünfhundert Taler geschrieben mit meiner Tinte und Feder. Als sie das tat, wußte ich nicht, weshalb es geschah; aber nun begreife ich wohl, was sie mit ihrer Antwort auf meine Frage meinte. Sie lachte und sagte: ich kaufe mir einen Mann. – Endrullis hat den Wechsel in der Tasche, glaube mir, und bekommt er nicht die Frau, so bekommt er das Geld. Der ist ein Schlauer!«

Darüber erschrak Urte sehr. Denn es war kein Zweifel, daß Piklaps recht hatte, und wie er die Sache ansah, so mußte sie ja nach ihrer Meinung jeder Verständige ansehen. Sie hatte sich noch Hoffnung gemacht, es werde ihm nicht lange in abhängiger Stellung bei Ewe gefallen; war er aber so gut gesichert, dann kehrte er gewiß nicht zu ihr zurück. Nun überlegte sie sich's, wie sie der Ewe am besten einen Tort tun könne. »Sie meint, ich werde mich von Mikelis scheiden lassen«, rief sie, »damit sie ihn heiraten kann. Aber am Altar soll sie seine Frau nicht werden! Ich tu's nicht, er gehört mir! Und wenn ich sie vor den Menschen nicht auseinanderbringen kann, vor Gott werde ich sie schon auseinanderbringen. Der Herr Pfarrer soll ihnen das Abendmahl verbieten und ihnen von der Kanzel ins Gewissen reden. Und wenn's zehn Scheffel Weizen kosten sollte und manchen Stein Flachs! Ich bin reich genug dazu.«

VI

Täglich wohl zehnmal sagte sich's die Urte vor: »Ich tu's nicht, er gehört mir! Und wenn ich sie vor den Menschen nicht auseinanderbringen kann, vor Gott sollen sie nicht zusammengehören!« Sie meinte eine Zeitlang, sie dürfe nur beharrlich bei ihrer Weigerung festhalten, so müßte sich das ganz von selbst ergeben. Und auf ihren harten Kopf durfte sie sich verlassen.

Wäre dabei nur nicht ein schweres Bedenken gewesen. »Es wird dir doch nichts übrigbleiben, als zur Scheidung zu gehen«, meinte Janis Piklaps eines Tages, als sie die Abgaben zu zahlen kam.

»Weshalb glaubst du das?«

»Ich habe über die Sache im Dorf sprechen hören, und die Leute haben recht. Da wir gute Nachbarn sind, will ich dir's nicht vorenthalten. Du und der Mikelis, ihr lebt in Gütergemeinschaft, nicht wahr? Oder habt ihr einen Vertrag gemacht, daß jedem Teil das bleiben soll, was er einbringt?«

»Nein, das nicht.«

»Siehst du wohl! Also gehört von allem ihm soviel als dir. Wenn ich nun heute zu ihm gehe und sage: Mikelis, verkaufe mir den roten Ochsen mit dem weißen Stern, oder den fünfjährigen Schimmel, oder den Wagen mit dem eisernen Tritt, und er sagt ja und nimmt das Kaufgeld, was willst du tun, wenn ich mir das gekaufte Stück aus deinem Stall oder von deinem Hofe abhole? Da er der Mann ist, hat er darüber zu verfügen und darf die Frau nicht einmal fragen. Und so, wenn ein anderer zu ihm kommt und um Getreide oder Holz handelt. Er kann dir die Zäune abbrechen und das Dach abdecken lassen, wenn es ihm gefällt. Willst du widerstreben, so kommt dir der Exekutor auf den Leib, denn das Gericht muß dem Käufer beistehen. Wenn Mikelis will, kann er dich nackt ausplündern.«

Die Frau wurde kreideweiß. »Ist es so nach dem Gesetz?« stotterte sie.

»Ich glaube, es ist so; und sie wollen sich erkundigt haben. Ich sage dir's nur, damit du dich danach richten kannst, denn Endrullis wird's ja nicht tun.« Das sagte er keineswegs sehr zuversichtlich und fügte auch hinzu: »– es sei denn, daß er dich ärgern oder zu irgend etwas zwingen will, oder daß er selbst in Not ist.«

Urte schüttelte den Kopf. »Darauf ist wenig Verlaß. Hat er das Recht, es zu tun, so tut er's auch. Sind die andern schon so klug, so ist er sicher noch klüger. Und warum soll er mich schonen? Ich bin ihm verhaßt, weil ich ihm im Wege stehe. Aber ich glaub's noch nicht, daß es sein Recht ist, und ich rate dir, den Leuten zu sagen, daß sie ihr Geld in der Tasche behalten sollen. Von meinem Hofe kommt nichts herunter, als was ich selbst abgebe.«

Sie sprach doch nur so, um ihn nicht merken zu lassen, wie schlecht ihr zumute war. Zu Hause ließ sie dann auch sogleich den Wagen anspannen und fuhr nach der Stadt. Dort ging sie zum Anwalt und trug ihm die Sache vor. Er erhielt Vollmacht, den Scheidungsprozeß einzuleiten.

Übrigens hatte der Herr ein Wörtchen fallen lassen, das sie begierig aufnahm und sie ganz froh stimmte. Sie hütete sich wohl, davon im Dorf zu sprechen, um nichts vor der Zeit zu verraten. Nur als Piklaps meinte, er habe also doch recht gehabt, antwortete sie grinsend: »Wir beide werden geschieden; aber die Ewe soll er doch nicht heiraten.« Der Schulze achtete nicht sonderlich darauf. Das spräche so der Ärger aus ihr, dachte er.

Endlich erging das Erkenntnis: die Endrullisschen Eheleute waren geschieden. Als Michel die Ausfertigung mit dem Adler oben und dem großen Siegel unten ausgehändigt erhielt, faßte er Ewe um den Hals, tanzte mit ihr durch die Stube und rief: »Nun bin ich frei, und nun will ich dir Wort halten. Unsere Probezeit ist vorüber.«

Kaum war die Entscheidung rechtskräftig, so ging er zum Pfarrer, das Aufgebot zu bestellen. Das Erkenntnis hatte er mitgenommen, und das war gut; denn der Geistliche sagte gleich, daß er's erst einsehen müßte. Und als er's eingesehen hatte, zog er die Stirn in Falten. »Nach diesem Erkenntnis«, sagte er, »darfst du eine andere Ehe überhaupt nur eingehen mit gerichtlicher Erlaubnis, und wie ich das Gesetz kenne, wirst du die niemals erhalten zu einer Heirat mit Ewe Purwins, weil sie es war, die deines Weibes Rechte verletzt hat. Trenne dich noch in dieser Stunde von ihr, damit deine Sünde nicht wachse.«

»Nimmermehr!« rief Endrullis und riß dem Geistlichen das Blatt aus der Hand. »Ich sehe wohl, daß du uns nicht helfen willst, weil wir auf deine Ermahnungen nicht gehört haben. Aber ich werde mein Recht weiter suchen. Du bist noch nicht der König!«

Damit verließ er das Pfarrhaus. Ewe war sehr bestürzt, als sie erfuhr, was der Pfarrer gesagt hatte.

Sie senkte den Kopf und zupfte an ihrem weißen Ärmel. »Mikelis, Mikelis«, sagte sie, »ich fürchte, du bist der Urte doch nicht klug genug gewesen. Ich habe gehört, daß sie gedroht hat: wir beide werden geschieden, aber die Ewe soll er doch nicht heiraten! Gewiß hat sie's voraus gewußt, daß es so kommen müßte, oder der Anwalt hat es ihr bei den Gerichtsherren so besorgt. Sie ist nie in der Stadt gewesen, ohne für ihn etwas auf den Wagen zu laden.«

»So gibt's ja noch einen andern Anwalt in der Stadt!« rief Endrullis, »und mein Geld ist auch nicht zu verachten. Ich sage dir, es ist nur dummes Zeug, und der Pfarrer tut wichtig.« Er holte den Geldbeutel aus dem Versteck hinter dem Bett vor, zählte sich eine Summe in die Tasche, sattelte den Fuchs und ritt fort.

Er erfuhr nichts Tröstliches. Ohne den gerichtlichen Konsens ging's wirklich nicht. Und der Advokat sagte gleich: »Das steht da nur geschrieben, damit sie ihn dir verweigern können, wenn du wegen der Ewe Purwins kommst. Sonst kannst du jetzt heiraten, wen du willst.«

Endrullis sprach kein Wort, sondern zählte fünf Taler auf den Tisch. Dann sah er den Anwalt listig an und fragte: »Willst du's nun besorgen?«

Der Herr zuckte die Achsel. »Damit läßt sich's nicht machen. Du mußt warten, bis die Urte gestorben ist.«

»Das dauert mir zu lange.« Er zählte noch zehn Taler auf. »Geht's nun?«

»Dein Geld tut's nicht, Endrullis. Verschaffe mir eine Schrift von der Urte, daß sie dir verzeiht und in deine Heirat mit der Ewe willigt, so will ich versuchen, dir den Konsens zu verschaffen.«

Endrullis griff tief in seine Tasche. Es klapperten da noch einige Silberstücke, und er legte sie zu den andern. »Geht's nun ohne das? So dumm ist die Urte nicht.«

Der Anwalt schüttelte den Kopf. »Ich kann dir keinen andern Rat geben.«

»Nicht?«

»Nein.«

Der Litauer strich das Geld langsam vom Tisch und steckte es wieder in die Tasche. »Was hast du für deine Versäumnis zu fordern, Herr?«

Der Anwalt verwies ihn deshalb an seinen Schreiber.

Und so ging nun Endrullis von einem zum andern und hörte überall dasselbe, zuletzt auch auf dem Gericht. Nach einigen Tagen kam er ganz verstört nach Hause. Ewe las ihm gleich vom Gesicht ab, daß er nichts Gutes mitbrachte. Sie weinte und klagte: »Nun bist du frei, Mikelis, aber wir beide kommen nimmer ehelich zusammen.« Es war ihr jetzt nicht mehr gleichgültig wie früher, als sie nur ihr Stück durchsetzen wollte. Sie wußte auch, daß die Leute einen Unterschied machen würden. Damals hieß es: »Was weiter? Die Hochzeit ist nur aufgeschoben.« Jetzt rechnete niemand mehr darauf, als Gast gebeten zu werden.

Er mochte noch nicht daran glauben, schrieb Eingaben in deutscher und litauischer Sprache an das Obergericht, an die Herren Minister, auch an seinen Major, zuletzt an den König – es half alles nichts. Er war in so gereizter Stimmung, daß jeder sich fürchten mußte, in seine Nähe zu kommen, und selbst Ewe ihm scheu aus dem Wege ging, soviel sie konnte. Eines Tages sagte er zu ihr: »Ich will mich deinetwegen demütigen und zur Urte gehen. Wenn ich sie bitte – vielleicht verzeiht sie mir.«

Ewe seufzte und antwortete: »Es wird wohl vergeblich sein.«

»Dir war's wohl lieb«, fuhr er sie zornig an, »wenn's vergeblich wäre. Du brauchst dann dein Wort nicht zu halten.«

»Mikelis!« rief sie, »das hab' ich nicht verdient. Alles tat ich dir zuliebe, was ich konnte. Und wenn du willst, so geh' ich selbst zur Urte, sie um die Schrift zu bitten. Früher hätt' ich mir eher die Zunge abgebissen, als ihr ein gut Wort gegeben . . . Jetzt bin ich nicht mehr so stolz.«

»So geh«, sagte er, »du richtest vielleicht mehr aus als ich. Und ich fürchte auch, daß ich heftig werde, wenn ich das boshafte alte Weib sehe, und alles verderbe.«

Ewe kam traurig zurück. »Sie ist hart wie Stein«, schluchzte sie. »Ich hab' ihr in meiner Not den Rock geküßt, und sie hat mich mit dem Fuß fortgestoßen.«

Er ballte die Faust. »So soll sie auf mich nicht warten. Meinetwegen kann's bleiben, wie es ist. Haben wir uns so lange ohne des Pfarrers Segen beholfen, mag's auch weiter so gehen. – Bist du's zufrieden, Ewe?«

Sie nickte zustimmend, aber antwortete nicht. Das verdroß ihn. Er ging hinaus und warf die Tür hinter sich zu. Auf dem Hofe spaltete er Holz, und so grimmig schwang er die Axt, daß die Splitter nach allen Seiten flogen.

Eines Abends fuhr ein kleines Wägelchen mit einem Pferde zwischen der Gabeldeichsel ins Dorf. Auf dem tiefen Strohsitz saß ein alter Mann, der in der einen Hand lose die Leine, in der andern ein Buch hielt. Er hatte die Pelzmütze aus der kahlen Stirn geschoben und eine große Brille auf der Nase. Es war kaum möglich, daß er bei der stoßenden Bewegung des Wagens lesen konnte, aber er sah doch ins Buch. Wer ihm begegnete, grüßte ehrerbietig. Vor dem Hause der Ewe Purwins hielt er an und stieg ab. Der Knecht Jons Toleikis eilte sofort vom Hofe herbei und nahm ihm die Leine ab.

Der Alte mit dem langen weißen Haar war der Vorsteher der Sekte der »Frommen«, die sich wegen ihrer Zusammenkünfte zu religiösen Übungen »Surimkimniker« nennen. Er hieß der »Engel«, weil er besonders von Gott mit der Rede begabt war und seine Gebote zu verkünden hatte. In hohem Ansehen stand er auch bei denen, die nicht zur Sekte gehörten; selbst die Geistlichen in den Kirchdörfern behandelten ihn mit großer Zuvorkommenheit, da sie seinen Einfluß bei den Litauern kannten. Hätte er von einem Pfarrer behauptet, er sei nicht rechtgläubig, so würde er bald vor leeren Bänken gepredigt haben. Ewe ging ihm mit gesenktem Kopfe entgegen und küßte ihm demütig die Hand. Ihr ahnte, weshalb er kam.

»Ewe Purwins«, begann er, »ich vernehme zu meiner Betrübnis, daß du großes Ärgernis gibst durch deinen Lebenswandel. Du hast einen Mann von seiner Frau getrennt, und so ist's, als ob du selbst die Ehe gebrochen hast. Aber das ist geschehen, Kind, und nicht mehr zu ändern. Willst du dich dieserhalb mit Gott versöhnen, so frage an, welche Buße dir bestimmt ist. Das Fleisch ist schwach, und sündige Menschen sind wir alle. Weshalb ich aber zu dir komme, das hat nicht den Zweck, dich zu solcher Buße zu mahnen, sondern das öffentliche Ärgernis zu beseitigen. Du hast gehofft, nach der Scheidung dich mit Endrullis verbinden zu können zu einem christlichen Ehebunde. Nun tut aber das Gericht, wie ich höre, Einspruch, und der Herr Pfarrer weigert sich mit Recht, den Segen über euch zu sprechen. Du hast also weiter keine Entschuldigung, wenn du dich an diesen Mann hängst, der dir nicht angehören kann, sondern verharrst in sträflichem Ungehorsam. Darum schickt der Heilige Geist mich zu dir, daß ich dich mahne, von ihm abzulassen und ihn seine Wege zu weisen. Wenn du aber auf seine Stimme nicht achtest, so werden alle Frommen und Gottesfürchtigen im Lande Wehe über dich rufen, und du wirst in der Kirche allein sitzen in deiner Schande, von den Gerechten gemieden. Vernimm es und tue danach!« Dann öffnete er sein Buch und las näselnd und halb singend einen Psalm.

Ewe kniete nieder, faltete die Hände und betete. Endrullis kam dazu und wagte nicht zu unterbrechen. Als der Alte aber geendet hatte, trat er heran und fragte, was diese Litanei solle. »Ich bin nicht gekommen, mit dir zu reden«, antwortete jener salbungsvoll, »sondern mit diesem Mädchen, über das du Gottloser keine Gewalt hast. Ich weiß wohl, daß du schon lange nicht mehr in der Kirche gewesen bist, denn Gottes Wort ist dir ein Stachel im Herzen, und so will auch ich nicht vergeblich sprechen.«

Endrullis lachte auf. »Die Urte ist nicht umsonst zu den Frommen gegangen. Ich merke, daß sie da Trost gefunden hat. Sie schickt dich wohl, hier unter uns Unfrieden zu säen?«

»Mich schickt niemand als der Heilige Geist«, sagte der Alte, hob die Hände hoch auf und schritt langsam hinaus. Er fuhr sogleich wieder ab, ohne sich im Dorfe zu verweilen.

Daß er nicht ohne Erfolg Ewe ins Gewissen geredet hatte, mußte Endrullis bald erkennen. War sie schon vorher oft traurig gewesen, und kopfhängerisch im Hause herumgegangen, so verlor sie jetzt alle Munterkeit und zeigte in seiner Gegenwart ein scheues Wesen, das ihn wohl besorgt machen mußte. Sie klagte zwar nicht laut, forderte ihn auch nicht auf, das Haus zu verlassen; wenn er sie aber liebkoste, schob sie seine Hand sanft fort, und wenn sie etwas zu ihm sprach, klang's wahrlich, wie sonst gar nicht ihre Art war. »Es kann nicht anders sein«, sagte er einmal seufzend, »ich muß jetzt zur Urte.«

Einen so schweren Gang hatte er noch sein Leben lang nicht getan. Sein Herz war voll Grimm, und in Gedanken kamen ihm böse Worte auf die Zunge. Und doch sollte er bitten! Als er zum Hoftor hineinging, sahen ihm die Leute von der Dorfstraße verwundert nach, und er ärgerte sich darüber. Als er an die Tür der Wohnstube klopfte, in der er Urte am Webstuhl arbeiten hörte, biß er die Lippe mit den Zähnen. Es mußte doch sein.

»Urte«, sagte er finster, nachdem er eingetreten war, »es ist nicht zu unserm Glück gewesen, daß du mich einmal angerufen hast. Ich kann dir nichts Übles nachsagen, aber alt und jung paßt nicht zueinander – das hättest du besser bedenken können als ich. Nun ist's gekommen, wie's gewöhnlich so kommt, wenn etwas in der Ehe nicht richtig ist, und ich bin trotzig fortgegangen und hab gemeint, die Dinge nach meinem Willen zwingen zu können. Es ist auch so weit alles in Ordnung, daß wir geschieden sind und ich der schuldige Teil bin, und ich begehre nichts von dem, was dir gehört. Du aber trittst mir in den Weg und willst mich unfrei machen, solange du lebst, und mir vorenthalten, was mir gehört. Hätt' ich gewußt, daß es so kommen könnte, ich hätte wohl andere Mittel gehabt, uns zur Scheidung zu bringen, und dein Vorteil war's nicht gewesen. Nun freilich muß ich dich bitten! Aber so schlecht, hoff' ich, wirst du nicht sein, daß du aus Rachsucht die Bitte abschlägst. Unterschreibe ein Blatt, daß ich die Ewe heiraten kann.«

Die Frau hatte unbeweglich dagesessen und ihn ohne Unterbrechung aussprechen lassen. Nur das graue Auge blitzte mitunter unruhig. Nun warf sie das Webeschiffchen drei-, viermal hin und her durch den Aufzug und ließ die Kämme knarrend sich auf und ab bewegen, als wollte sie ihn einer Antwort gar nicht würdigen. Vielleicht dachte sie aber inzwischen auch nur auf eine recht schneidige, und so richtete sie nun den Kopf ins Genick und entgegnete: »Ich habe dir's vorausgesagt, Mikelis, daß du noch einmal als Bettler an meine Tür klopfen würdest. Das war nun wohl damals anders gemeint, aber es trifft auch so zu und wird noch besser zutreffen, wenn wir länger leben. Als ein Bettler kommst du, und ich antworte: was bin ich dir schuldig? Als du arm warst, habe ich dich reich gemacht; als du ein Knecht warst, habe ich dich zum Herrn eingesetzt. Und wie hast du mir vergolten? Statt mit Dank mit Undank, statt mit Treue mit Untreue, statt mit Lohn mit Schimpf. Und nun soll ich dir dazu helfen, daß alles dies ungeschehen sei? Was bin ich dir schuldig? Nicht einmal so viel als einem Bettler. Geh! ich habe nichts weiter mit dir zu tun.«

Er trat einen Schritt vor und faßte den Ständer des Webegestells. »Bringe mich nicht in Verzweiflung, Urte«, rief er, »es könnte dich gereuen! Ich will nicht umsonst gebeten haben.«

Sie ging ans Fenster, um im Notfall den Knecht rufen zu können.

»Dir könnt' ich vielleicht verzeihen«, antwortete sie, »aber der Ewe nimmermehr. Will sie aufheben, was ich fortwerfe, das kann ich nicht hindern; aber was ich dir war, das wird sie dir nicht. Kann ich ihr's sonst vergelten, so geschieht's gern. Und nun geh! Ich habe dir nichts mehr zu sagen.«

»Urte, gib mir den Schein!«

»Nein!«

»Ich will ihn dir abkaufen, mit allem, was ich besitze.«

»Mit dem Wechsel, den die Ewe dir geschrieben hat – nicht wahr? Hahaha!«

Er erschrak. »Was weißt du von dem Wechsel?«

»Ich weiß davon.«

»Urte, ich bin nicht umsonst über die Grenze geritten – ich hab' mir etwas erspart. Und wenn's nicht genug ist – der Jude braucht mich und borgt mir mehr.«

»Geh! Ich mag dein Geld nicht. Zu verkaufen bin ich nicht wie du.«
»So mag der Teufel dir's bezahlen!« schrie er wild und warf die Tür hinter sich zu.

VII.

So war nun das Letzte vergeblich versucht. Hätte er sich nur auf Ewe fest verlassen können! Die aber schien jetzt, da sie sich in der Not beweisen sollte, ganz den Mut verloren zu haben. Er ließ sie nicht aus den Augen, und was er sah, konnte ihm nicht gefallen. Es kam zu Vorwürfen, zu harten Reden. Und dann gingen sie tagelang stumm und verschlossen nebeneinander her. Michel war so verbittert, daß er ihr schon das Schlimmste zutraute. »Warum weinst du?« fragte er barsch.

»Weil ich traurig bin«, antwortete sie sanft.

»Und warum bist du traurig?«

»Weil es uns so schlecht geht, Mikelis.«

»Es geht uns nicht schlecht. Du hörst nur zuviel auf andere Leute.«

»Sie sprechen ja gar nicht mit mir.«

»Was geht es dich an? Werden sie dich brauchen, werden sie auch wieder freundlich sein.«

»Die Frommen nicht, Mikelis.«

»Zum Teufel mit den Frommen! Ich glaube nicht daran, daß sie zwei voneinander beten können, wenn die nur selbst festhalten. Aber ich merke wohl, dir tut's schon leid.«

»Mikelis —!«

»Da es zur Heirat nicht kommen kann, willst du's so lange treiben, bis ich freiwillig vom Hofe gehe.«

»Es wäre vielleicht besser, du gingst.«

»Und dann käme ein anderer.«

»Ich denke an keinen andern, Mikelis. Aber so kann's doch nicht bleiben.«

Er griff nach seiner Brieftasche und legte sie vor sich hin. »Kann's nicht? Meinetwegen schon. Der Wirt auf deinem Grundstück kann ich freilich für jetzt nicht werden. Aber . . .« Er klopfte auf seine Brieftasche.

Sie sah ihn fragend an, indem sie den Kopf in die Hand stützte. »Mikelis«, sagte sie dann, »es ist besser, wir trennen uns jetzt und geben den Frommen kein Ärgernis. Sie machen uns Schande in der Kirche.«

Er sprang wild auf. »Ist das dein ernstlicher Wille?«

»Verstehe mich nur recht, Mikelis. Ich bleibe dir gut, und du bleibst mir gut, und wir lassen nur das Unwetter vorüberziehen.«

Er knirschte mit den Zähnen. »Wegen des Wechsels, nicht wahr? Du willst nicht geradeaus mit mir brechen – ich soll der Dumme sein, der verspielt.«

Sie schüttelte den Kopf. »Wie soll mir deshalb angst sein? Das Papier gilt ja doch nichts.«

»So? Warum gilt es nichts?«

»Weil du mir dein Versprechen gar nicht halten kannst, Mikelis. Wie kann ich da sagen: ich will nicht?«

Er sah sie ganz verdutzt an: »Ei, du Schlaue!« rief er. »Meinst du mich so zu überlisten? Ist's denn schon so gewiß, daß ich dir mein Versprechen nicht halten kann? Heute nicht und morgen nicht – allerdings. Aber wenn's zehn Jahre dauert, deine Unterschrift löscht nicht aus. Und mir soll's zu lange nicht dauern – mir nicht.«

Ewe wendete sich unwillig ab. »Wenn ich dich loswerden wollte, wären mir fünfhundert Taler nicht zuviel dafür.« Sie fing heftig an zu schluchzen.

Er ärgerte sich, daß er so weit gegangen war, und reichte ihr die Hand hinüber. »Nimm's vernünftig«, sagte er. »Um was zanken wir denn?«

Diesmal kam eine Versöhnung zustande; doch traute er Ewe nicht mehr recht.

Er beschloß zu bleiben, aber auch den Wechsel, seinen letzten Halt, besser zu sichern. In der Brieftasche mochte er bei Tage gut aufgehoben sein, wenn er sie bei sich trug; aber sie war ihm bei der Arbeit oft lästig. Und nachts legte er sie zwar unter sein Kopfkissen, aber wußte auch, daß er fest schlief und schwerlich geweckt wurde, wenn sie ihm eine geschickte Hand hervorzog. Daß Ewe mit dem Gedanken umgehe, ihm das Papier mit ihrer Unterschrift fortzunehmen, wurde ihm mehr und mehr überzeugende Gewißheit. Es galt ihm jetzt nicht die fünfhundert Taler, sondern in seiner Vorstellung war es der Schein, mit dem Ewe sich ihm für ihre Person anzugehören verpflichtet hatte; und so, meinte er, sehe sie's auch selbst an, daß sie sich frei wissen wollte. Daß sie sich ein Gewissen daraus machen könnte, ihn zu überlisten, wenn es irgend in ihrer Macht stehe, vermochte er sich eigentlich gar nicht vorzustellen, so lieb er sie hatte.

Eines Tages zu ungewöhnlicher Zeit ging er in das Futtergelaß neben dem Stall, wo er sich unbeobachtet glaubte, setzte sich auf die Schwelle, zog seine Jacke und Weste aus und schnitt mit dem Messer auf der linken Seite der Weste ins Unterfutter ein. Dann nahm er, nachdem er noch einmal in den Stall hineingespäht hatte, ob keiner ihm aufpasse, aus seiner Brieftasche den Wechsel, steckte ihn in den Schlitz und umnähte die Stelle mit ganz dichten Stichen. Nadel und Faden hatte er dazu mitgebracht. Dann zog er die Kleidungsstücke wieder an und entfernte sich. Er hatte nur nicht bedacht, daß auf der andern Seite des Futtergelasses die Schlafkammer der Altsitzerin lag und sich in der Bretterwand Ritzen und Astlöcher befanden, durch die man sehen konnte, was in dem Mittelraum vorging.

Ewe fiel's gleich auf, daß Endrullis seine Brieftasche nicht mehr so ängstlich bewahrte, nachts nicht einmal mehr unter das Kissen steckte. Als er sie gar einmal beim Weggehen auf dem Tisch hatte liegenlassen, konnte sie sich nicht enthalten, ihm spöttisch nachzurufen: »Vergiß nicht die Brieftasche – ich hätt's sonst gar zu leicht, dir deinen Wechsel fortzunehmen. Du bist ja deshalb immer so in Sorge.«

»Sieh doch nach«, antwortete er, »ob du ihn da findest. Den hab' ich für alle Fälle besser bewahrt.«

»Vor mir hast du dich ja auch in acht zu nehmen«, bemerkte sie achselzuckend.

Nun hätte sie aber doch gern herausgebracht, wo er das Papier gelassen hatte, das ihm von so großem Wert war. Es hatte gewiß seinen Grund, daß er mit der Weste schlief; und da zeigte sich ja auch eine Stelle abgenäht unter der linken Brust. Es verdroß sie, daß er vor ihr mit solchen Heimlichkeiten umging, und im Ärger sagte sie: »Du hast es gemeint, recht klug zu machen, Mikelis, aber wer zu klug sein will, der wird dumm. Wenn du schläfst, kann ich dir freilich die Weste nicht ausziehen, aber was willst du tun, wenn ich dir den Zipfel mit der Schere abschneide? Sieh dich vor.«

Diese Reden bestärkten ihn noch mehr in dem Glauben, daß sie ihm aufpasse und auf eine Gelegenheit lauere, den Wechsel an sich zu bringen. Nur zu leicht konnte sie ihre Drohung wahrmachen.

Deshalb schlich er, als er die Gaidullene mit einer Hacke auf der Schulter fortgehen sah, wieder in das Futtergelaß, zog die Weste aus, wickelte sie zusammen und steckte sie, soweit sein ausgestreckter Arm reichte, unter das Heu links von der Stalltür. Darauf warf er einige Bund Stroh. Er hatte ganz den Kopf verloren.

Die Altsitzerin war aber leise in ihre Kammer zurückgekehrt und hatte am Astloch gelauscht. Noch denselben Abend machte sie einen Gang ins Dorf, und am andern Morgen, als die sämtlichen Bewohner des Hauses aufs Feld gegangen waren, steckselte sie die hintere Stalltür nach dem Roßgarten auf und entfernte sich dann ebenfalls.

Am zweiten Tage darauf sagte die Altsitzerin bei einem anscheinend zufälligen Begegnen auf dem Hof zu Ewe: »Wenn du etwas suchen solltest, mein Töchterchen – ich weiß, wo es zu finden ist.«

Ewe wurde aufmerksam. »Was meinst du?«

»Ich hoffe, daß du mir das Getreide nicht wieder so schlecht messen wirst wie im letzten Herbst. Als meine Verschreibung gemacht wurde, galt hier überall der alte litauische Scheffel, und der hielt gut zwei Metzen mehr als der, den man in der Stadt braucht. Wir Litauer haben ihn stets von Weiden geflochten gehabt, und von diesen Neuerungen will ich nichts wissen.«

»Wir wollen sehen, Mare. Aber wovon sprachst du vorhin?«

Die Alte hüstelte und sah nach allen Seiten um, ob sie nicht belauscht würden. »Es geht mich nichts an«, sagte sie, »aber dich vielleicht – der Mikelis ist ja auch noch nicht dein Mann.«

»Was sprichst du von Mikelis?«

»Nur was ich weiß, Töchterchen, nur was ich weiß. Ich wollte mir lieber die Zunge abbeißen, als etwas sagen, was ich nicht weiß. Er hat neulich seine Weste unter dem Heu in der Futterkammer versteckt – links vor der Tür im Winkel, und Stroh darüber gelegt. Hä-hä-hä . . . um die Weste wird er wohl nicht so besorgt gewesen sein. Aber ich sage nur, was ich gesehen habe, und es ist mir ganz gleich, ob du es ihm erzählst oder nicht.«

»Schweige du nur still«, bat Ewe, »daß es nicht ein anderer erfährt.«

Die Alte grinste. »Lehre du mich, was ich zu tun habe.« Damit kehrte sie ihr den Rücken und ging in ihre Kammer.

Ewe wußte nun, wo die Weste geblieben war. Bald hätte sie's lieber nicht gewußt; denn der Gedanke ließ ihr keine Ruhe mehr, daß sie Mikelis einen Streich spielen könnte. Sie wollte ihm den Wechsel nicht fortnehmen, aber ihn damit ängstigen, daß er verschwunden sei. Nur eine Weile. Dann sollte er ihn zurück haben und beschämt bekennen, daß er ihr mit seiner Heimlichkeit unrecht getan. Es wäre eine Strafe für ihn, meinte sie, und zugleich ein gutes Mittel, sein Vertrauen wiederzugewinnen. Wer konnte aber auch wissen, ob die Alte reinen Mund hielt? Und wie leicht hatte es dann ein anderer, die Weste zu stehlen! Für sie selbst war es gar nicht unbedenklich, wenn das Papier mit ihrer Unterschrift in fremde Hände kam. Schon deshalb schien es klug, einzuschreiten.

Nach einigen Stunden also, als Endrullis fortgegangen war, begab sie sich in den Stall und nahm einen Milcheimer mit, als ob sie die Kühe melken wollte. Auf dem Hofe arbeitete der Knecht Jons Toleikis; der sah sie hineingehen. Ewe öffnete die Tür zum Futtergelasse und trat in den halbdunkeln Raum. Sie hob ein Bund Stroh fort und griff mit der Hand unter das Heu. Nicht lange durfte sie suchen, so fühlte sie etwas Weiches, das sie nun hervorzog. Es war die Weste. Sie schien nicht einmal zusammengerollt, sondern unordentlich untergesteckt zu sein. Als sie nach der Stelle tastete, wo das Papier eingenäht sein mußte, faßte sie zu ihrer Überraschung mit der Hand durch. Hatte sie das Ärmelloch oder die Tasche getroffen? Jede Vorsicht vergessend, ging sie rasch nach der Tür und stieß dieselbe auf, um sich im Hellen zu überzeugen, wie es damit stehe. So stand sie nun auf der Schwelle und hielt die Weste in der Hand. Ein viereckiges Stück Zeug mitsamt dem Futter war ausgeschnitten – gerade an der Stelle, wo vordem der Wechsel eingenäht gewesen war. Wer hatte das getan?

Jetzt erst bemerkte sie, daß die Magd Erdme Pleikis ihr nachgegangen war, den Eimer genommen und zu melken angefangen hatte. Die sah ihr gerade ins Gesicht und auf die Hände. Rasch wickelte Ewe die Weste zusammen und warf sie in die Futterkammer zurück. Ebenso rasch aber fiel ihr ein, daß sie sich dadurch verdächtig machen könnte. Deshalb trat sie vor und sagte: »Hast du gesehen, Erdme, was ich da in der Hand hielt?«

»Es war des Endrullis Weste«, bestätigte die Magd.

»Und ist dir etwas daran aufgefallen?«

»Ei freilich! Es war ein Stück ausgeschnitten wie mit der Schere.«

»Ganz richtig. So habe ich sie dort in der Kammer gefunden. Aber wer kann das Stück ausgeschnitten haben?«

Erdme gab darauf keine Antwort. Als aber Ewe fortgegangen war, rief sie sogleich den Jons Toleikis vom Hofe herein und sagte: »Überzeuge dich, daß da in der Kammer die Weste des Endrullis liegt, von der ein Stück ausgeschnitten ist. Du weißt doch, daß ich nach der Wirtin in den Stall gegangen bin? Es ist gut, daß man sich's merkt. Ich will mich hinterher nicht ohne Grund beschuldigen lassen.«

»Die Herrin ging vor dir hinein«, bestätigte Jons.

»War's lange vorher?«

»Ich denke, keine Viertelstunde.«

»Das ist lange genug«, meinte die Magd. Sie ließ sich nicht weiter darüber aus, wozu die Zeit lang genug gewesen sei, und Toleikis fragte auch nicht danach.

Während sie noch an der Stalltür zusammenstanden, kam die Gaidullene aus ihrer Kammer. »Hast du gehört«, erkundigte sich Erdme, »daß jemand im Futtergelaß gewesen ist?«

»Ich hörte Stroh rascheln«, antwortete die Alte, »und hinterher die Ewe sprechen. Sprach sie mit dir?«

»Ja, als sie aus der Futterkammer herauskam.«

»Was geht es mich an?« sagte die Gaidullene und schlug mit der Hand in die Luft. Sie entfernte sich vom Hofe.

»Ich werde mich aber auf dich beziehen«, rief Erdme ihr nach, »wenn es nötig sein sollte.«

Bald darauf kam Endrullis vom Felde zurück und brachte seinen Fuchs in den Stall. Ehe er noch Gelegenheit gehabt hatte, mit Ewe zu sprechen, trat Jons Toleikis an ihn heran und sagte: »Daß du es nur weißt – auf dem Heu liegt deine Weste, und es ist ein Stück ausgeschnitten. Die Erdme meint, das könne nur mit der Schere geschehen sein.«

Er wurde bleich und im nächsten Moment wieder feuerrot. »Wer hat mir das getan?« lallte er mit schwerer Zunge. Er riß die Tür der Futterkammer auf und stürzte hinein. Gleich darauf kam er zurück, die Weste in der Hand. »Wer hat mir das getan?« wiederholte er, aber jetzt schreiend. Die Adern auf seiner Stirn zuckten. »Ich bin bestohlen! Der Wechsel ist ausgeschnitten! Das ist eine Spitzbüberei! Ich bin bestohlen!« Er taumelte gegen den Ständer und stützte den Kopf an demselben; so hatte es ihn erschreckt.

Nun begann ein strenges Verhör. Bald wußte er, was die Dienstleute und die Altsitzerin mitzuteilen hatten. Schäumend vor Wut eilte er ins Haus, faßte Ewe bei den Schultern, rüttelte sie derb und schrie: »Gib mir meinen Wechsel heraus, wenn dir das Leben lieb ist. Du hast ihn aus der Weste herausgeschnitten.«

Sie suchte sich loszumachen. »Du bist toll«, rief sie. »Was willst du von mir? Ich habe deinen Wechsel nicht.«

»Lügnerin, schändliche Lügnerin!« herrschte er sie von neuem an und legte die Hand um ihren Hals. »Willst du's bestreiten, daß du in der Futterkammer gewesen bist, daß du die Weste unter dem Heu vorgezogen hast? Es ist noch an der Stelle zerwühlt.«

»Laß mich los, Unsinniger«, befahl sie streng, »oder ich wehre mich mit den Nägeln. Ich habe die Weste gefunden, aber das Stück Zeug war schon ausgeschnitten.«

Er lachte wild auf. »Es war schon ausgeschnitten? Wer anders hat es ausgeschnitten als du? Wer anders als du konnte vermuten, was in die Weste eingenäht war? Und hast du mir nicht gedroht? Du leugnest wohl auch das! Ich weiß alles. Du bist mir nachgeschlichen, hast gesehen, wo ich die Weste versteckte –«

»Nein«, unterbrach sie, immer bemüht, ihn abzuschütteln. »Nein, das ist nicht wahr.«

»Und wie erfuhrst du –?«

»Durch die Gaidullene. Frage sie, wie sie dahintergekommen ist.«

»Ich brauche sie nicht zu fragen. Es ist auch gleichgültig. Aber du hast doch die Weste unter dem Heu vorgezogen – du? Weshalb, du Arglistige? Antworte doch darauf –! Weshalb!«

Ewe setzte trotzig den Mund auf und sagte: »Denke davon, was du willst. Ich habe deinen Wechsel nicht genommen und weiß nicht, wer ihn genommen hat. Ich fand die Weste so.«

Er drang, die Faust ballend, wieder auf sie ein. Sie stieß ihn aber zurück und rief: »Besinne dich! Wenn ich vor Gott und den Menschen versichere: es ist nicht wahr –«

»So ist es doch wahr! Du hast mich betrogen«, schrie er ganz außer sich.

Ewe stand eine Weile wie unschlüssig, was sie tun sollte. Ihre Lippe zuckte, die Augen waren auf den Boden geheftet und blitzten nur manchmal auf, die Arme mit den geschlossenen Händen drückte sie straff an den Leib. »Gut denn –« sagte sie nach einer Weile dumpf, »so mag es wahr sein. Wenn ich aber so schlecht bin, als du meinst – was willst du länger hier? Mit einer Lügnerin und Diebin wirst du nichts gemein haben wollen. Geh, wir sind geschieden. Es ist aus zwischen uns. Geh!«

»Ihr hört's«, rief Endrullis den Dienstleuten zu. »*Sie* macht ein Ende – *sie* treibt mich fort. Deshalb ist's ja geschehen, daß sie sagen kann: geh! Ja, ich werde gehen. Aber aus ist's zwischen uns nicht! Erwarte von mir nichts Gutes. Ich will mein Recht haben! Und ich weiß noch Mittel, dich zum Geständnis zu bringen.«

Damit stürmte er fort. Und wieder zog er seinen Fuchs aus dem Stall, warf die zerschnittene Weste über den Sattel, schwang sich auf und jagte fort.

VIII.

Da war nun der Urte Drohung wahr geworden: es fehlte nicht mehr viel zu einem Bettler auf der Landstraße. Sein Herz war voll Bitterkeit. Hatte er Ewe geliebt, so meinte er sie jetzt um so tiefer hassen zu müssen. Wollte sie ihn verderben, warum sollte er sie schonen? Den Wechsel mußte er zurück haben, auf welche Weise immer. Ohne sich Zeit zur Überlegung zu gönnen, ritt er nach der Stadt und stieg bei einem Winkelschreiber ab, der von Geburt ein Litauer war und einige Jahre bei einem Anwalt gearbeitet hatte, dann aber fortgejagt war und jetzt auf eigene Hand praktizierte. An ihn pflegten sich alle seine Landsleute zu wenden, wenn sie etwas betreiben wollten, wozu sich ein Anwalt nicht hergab. Dem trug er seinen Fall vor und forderte guten Rat. »Ich will dir eine Eingabe machen«, sagte der verschlagene Mann, »damit die Sache untersucht wird. Aber hüte dich, jemand zu beschuldigen. Damit muß man sehr vorsichtig sein. Sprich überhaupt zu andern gar nicht davon. Mögen die Herren den Fall untersuchen; es ist genug, wenn wir schreiben, was geschehen ist, und die Zeugen benennen. Kommt wider Erwarten nichts heraus, so können sie dir doch nichts anhaben.«

Michel war mit allem einverstanden. »Das übrige ist mir ganz gleich«, meinte er, »wenn ich nur meinen Wechsel zurückbekomme. Hilft er mir nichts gegen die Ewe, so soll mich doch die Urte nicht auslachen.«

Im Dorfe logierte er sich wieder bei seinem Schwager ein und ritt mit Waren über die Grenze, sich einen Verdienst zu machen.

Einige Wochen vergingen, ohne daß sich von der Tätigkeit des Schreibers eine Wirkung zeigte. Schon wurde er ungeduldig, als er erfuhr, daß Ewe, die Altsitzerin, Jons Toleikis und die Magd Erdme aufs Amt geladen seien. Wieder einige Wochen später erhielten dieselben Personen eine Vorladung aufs Gericht in der Stadt, und auch ihm wurde eine solche Schrift behändigt. Er wurde nicht recht klug daraus, um was es sich handelte. Als er aber am Termintage in den Gerichtssaal gerufen wurde, sah er links vom Richtertische die Ewe in einem abgegrenzten Raume stehen. Gegenüber hatte der Staatsanwalt seinen Platz. Nun ging ihm ein Licht auf. »Das hab' ich nicht gewollt!« rief er laut.

»Was hast du nicht gewollt?« fragte der Vorsitzende.

»Daß die Ewe deshalb als eine Diebin bestraft werden soll.«

»Aber du hast doch diese Eingabe für dich schreiben lassen?«

»Ja – weil ich meinen Wechsel zurück haben wollte.«

»Den Wechsel, den die Ewe Purwins dir weggenommen hat.«

Endrullis zögerte mit der Antwort. Er warf einen Blick seitwärts auf das Mädchen, das die Augen fest auf ihn heftete. »Ich weiß nicht, wer mir den Wechsel weggenommen hat«, sagte er dann.

»Es wird sich ja finden«, mischte sich der Staatsanwalt ein. »Ich bitte, weiter in der Sache zu verhandeln.«

Ewe bestritt die Anklage; aber sie mußte zugeben, nach dem Wechsel gesucht und die Weste in der Hand gehabt zu haben, ohne genügend erklären zu können, was sie dazu veranlaßte. Die Gaidullene bezeugte, wie sie durch das Astloch in der Wand gesehen, daß Endrullis ein Papier in die Weste einnähte und sie dann unter das Heu schob, daß sie der Ewe Purwins davon Mitteilung gemacht, und daß diese darauf in die Futterkammer getreten sei und an der bezeichneten Stelle gebückt gestanden und im Heu gewühlt habe. Weil sie aber die Tür hinter sich zugezogen, sei in der Kammer nur ein schwaches Dämmerlicht gewesen, so daß sie nicht genau hätte sehen können, was sie dort tat. Als Ewe dann aber die Tür aufgestoßen, hätte sie in ihrer Hand die Weste bemerkt; gleich darauf sei auch die Magd Erdme vom Stall her hinzugetreten. Sie hatte ihre Aussage so eingerichtet, daß sie mit aller Sicherheit den Eid leisten konnte. Was sie nicht gefragt wurde, das hatte sie ja nicht nötig zu sagen. Die Aussagen der Dienstleute schlossen sich an. »Hat die Angeklagte gegen diese Zeugnisse etwas einzuwenden?« fragte der Vorsitzende.

»Nein«, antwortete Ewe fest, »es ist alles richtig. Aber die Weste hat mehrere Tage da unter dem Heu gelegen – es kann auch ein anderer den Wechsel ausgeschnitten haben.«

»Kann – kann! Hast du gegen irgend jemand gegründeten Verdacht?«

Ewe senkte finster die Augen und schwieg.

»Hast du noch einen andern in der Futterkammer gesehen?« wandte der Richter sich an die Gaidullene.

»Nein«, bestätigte dieselbe, »ich habe keinen andern gesehen. Gott soll mich strafen, wenn ich die Unwahrheit sage.« Es war sicher so: sie hatte keinen andern gesehen; sie antwortete, wie sie gefragt wurde.

Ewe wischte rasch mit der Hand eine Träne von der Backe fort.

»Aber warum sollte ich den Wechsel nehmen?« rief sie, von Angst getrieben. »Ich habe mich ja niemals geweigert, den Endrullis zu heiraten. Mag er's selbst sagen.«

»Und würdest du ihn auch jetzt noch heiraten?« fragte der Richter.

Sie warf trotzig den Kopf zurück. »Jetzt –! Wenn ich seinetwegen bestraft werde . . .! Er wird mich dann nicht mehr fragen, ob ich will. Ich bin ihm zu schlecht . . .« Sie setzte sich auf die Bank nieder, bedeckte mit beiden Händen das Gesicht, stützte den Kopf auf die Barriere und schluchzte laut.

Die Richter berieten nur kurze Zeit. Dann verkündete der Vorsitzende den Spruch, der Ewe Purwins zu drei Wochen Gefängnis verurteilte. »Ich bin unschuldig«, sagte sie, »aber ich sehe wohl ein, daß ich dies leiden muß.«

Sie bat, gleich ins Gefängnis gehen zu dürfen, damit man sie nicht von ihrem Hofe abhole, was ihr eine Schande wäre.

Als sie abgeführt wurde, drängte Endrullis an sie heran. »Geh nicht ins Gefängnis, Ewe«, bat er dringend. »Ich selbst werde den König bitten, daß er dich begnadigt – noch heute schreibe ich.«

Sie wendete das Gesicht ab. »Ich will nicht begnadigt sein«, sagte sie, »du glaubst ja doch nicht, daß ich unschuldig bin.«

»Ewe – wie kann ich . . .?«

Sie zuckte die Achseln. »Wie kannst du –?! – Gut – geh nur. Du hast ja nun deinen Wechsel.«

Er griff nach ihrer Hand, aber sie wich ihm aus. »Geh nur!« Sie winkte Jons Toleikis heran und gab ihm Anweisung wegen der Wirtschaft. Dann folgte sie dem Gerichtsboten.

Die drei Wochen waren bis auf einen Tag vergangen. Michel Endrullis hatte in der ganzen Zeit keine rechte Ruhe gehabt. Meist ritt er in die Nacht jenseits der Grenze und schlief bei Tage. Es war ihm, als ob etwas sein Gewissen schwer belastete und ihm alle Freude am Leben verderbe. Der Wechsel war ihm ganz gleichgültig; er verwunderte sich nur darüber, daß er sich deshalb mit der Ewe hatte erzürnen können. Und wenn sie ihn genommen und vernichtet hatte – war sie nicht so gut wie sein Weib gewesen? Nun sie ihm verloren war, meinte er sie gar nicht missen zu können. Und sie war ihm verloren . . . nie konnte sie ihm verzeihen.

Am späten Abend, als er an seinem früheren Hofe vorbeiritt, stand Urte an der Hecke und winkte ihn heran. »Was willst du?« fragte er, den Zügel anziehend.

»Komm auf dem Feldwege hinter das Haus, wo uns niemand sieht«, antwortete sie. »Ich will dir unter vier Augen sagen, wo dein Wechsel geblieben ist.«

»Du –!?«

»Ich. Die drei Wochen sind ja wohl morgen herum? Da braucht's für dich kein Geheimnis mehr zu sein.«

Die Worte klangen ihm so feindlich, daß es ihn durchschauerte. »Was weißt du von dem Wechsel?« fragte er zitternd.

»Das sollst du dort erfahren. Man kann nicht wissen, was man hier auf der Landstraße für Zeugen hat.« Sie zeigte mit der Hand über das Haus hinweg und entfernte sich.

Er überlegte, ob er ihr folgen sollte. Einen Augenblick dachte er an die Möglichkeit, daß sie ihm einen Hinterhalt gestellt haben könnte. Mit ein paar Knechten aber meinte er's aufnehmen zu können. Er öffnete also nun sein Messer in der Tasche, sprang am Gartenzaun ab, band das Pferd an eine Latte und ging um das Gehöft herum. Dort stand schon die Urte vor der hinteren Haustür. »Was hast du mir nun zu sagen?« sprach er sie an.

»Daß ich meine Rache habe«, antwortete sie. »Die Ewe hat im Gefängnis gesessen, und einer von des Königs Gardisten heiratet keine Frau, die im Gefängnis gesessen und ihren ehrlichen Namen verloren hat.«

»Und das nennst du deine Rache?«

»Mit Fug und Recht; denn du mußt wissen, daß die Ewe unschuldig ist.«

»Unschuldig. Und wer . . .?«

Die Augen der Frau blitzten, wie die einer Katze, die auf die Maus lauert. »Ich habe den Wechsel aus deiner Weste geschnitten.«

Endrullis prallte zurück. »Du –?! Das ist nicht wahr. Wie konntest du wissen –?«

»Das ist gleichgültig, wie ich's erfuhr. Genug, ich hab's getan, als ihr sämtlich drüben auf der Sandscholle bei den Kartoffeln waret. Die hintere Stalltür fand ich offen. Ihr beide seid bestraft. Der Wechsel ist verbrannt. Aber damit du mir glaubst . . . hier ist das ausgeschnittene Stück Zeug. Passe es nur in das Loch ein, es wird kein Fädchen fehlen.« Sie warf ihm den Lappen zu.

»Hexe, verfluchte Hexe«, schrie er auf und stürzte sich mit dem Messer gegen sie, »nimm deinen Lohn!«

Sie mochte sich auf einen solchen Angriff gefaßt gemacht haben, sprang zurück, riß die Tür auf und flüchtete hinter dieselbe. Das Messer fuhr ins Holz. Er hörte nur noch ihr heiseres Lachen.

Da stand er nun und starrte die Wand an. In seinem Kopf wirbelte es, als ob da alle Trommeln seines Regiments gerührt würden. Ewe unschuldig – doch unschuldig! Und Urte war die Diebin gewesen. Gerächt hatte sie sich an ihm und ihr. Es war nichts wieder gutzumachen. Ewe hatte ihre Strafe verbüßt. Und hatte er jetzt Zeugen gegen das boshafte Weib? Wer würde ihm glauben?

Er steckte das Stück Zeug in seine Brieftasche und führte den Fuchs an der Hand durch das Dorf zurück in seines Schwagers Stall. Seine Schwester fragte, was ihm geschehen sei; er sähe so verstört aus. Ob er denn diese Nacht nicht reite? »Nein«, sagte er, »aber morgen früh. Ich will die Ewe aus der Stadt abholen.«

»Gib dich mit der schlechten Person nicht weiter ab«, meinte sein Schwager Grillus. Er aber faßte ihn dafür bei der Brust und schüttelte ihn. »Wer sie eine schlechte Person nennt«, schrie er, »der mag sich vor mir in acht nehmen. Ich schone Schwester und Bruder nicht!«

Er brachte eine schlaflose Nacht zu. In der Frühe ritt er fort in der Richtung nach der Stadt. »Sie wird mir glauben«, tröstete er sich.

Nicht weit von den letzten Häusern der Vorstadt sprang er ab, legte sich in den Chausseegraben und ließ seinen Gaul neben sich grasen. Ewe mußte hier vorüberkommen. Und es dauerte keine Stunde, da kam sie wirklich. Sie hatte die Schuhe und Strümpfe ausgezogen und in ein Tuch geknüpft, das sie in der Hand hielt. Sie sang leise vor sich hin ein litauisches Wiegenlied, das recht schwermütig klang, und hatte die Augen auf den Boden gerichtet. »Ewe!« rief er sie an.

Sie schrak zusammen. »Mikelis –! Was willst du hier?«

Er stand auf und trat an sie heran, das Pferd nach sich ziehend.

»Steige du auf«, sagte er, »der Weg bis zum Dorf ist weit.«

»Ich bin nicht müde«, entgegnete sie, »habe drei Wochen lang Zeit gehabt, auszuruhen.«

Das fühlte er wie einen Stich ins Herz. »Ewe«, sagte er, »Gott weiß, daß ich dir nicht habe unrecht tun wollen.« Er ging neben ihr hin und zog das Pferd am Zügel nach sich.

»Das mag sein«, antwortete sie, »aber es nützt mir nichts: ich habe doch einmal im Gefängnis gesessen. Und dir hilft's nicht über die Schande weg, mich da hineingebracht zu haben.«

»Ewe, wenn ich dir sage –«

»Du meinst's ja auch nicht, wie ich's meine. Und wenn du mir nicht glaubst, ist mir das andere gleichgültig.«

Er legte die Hand auf ihre Hand, die das Bündel trug. »Ewe – wenn ich jetzt noch sagen könnte: ich glaube dir! Aber ich weiß nun, daß du unschuldig bist, und ich weiß auch, wer schuldig ist . . .«

Sie trat einen Schritt zur Seite und blieb stehen. »Du weißt es . . .?«

»Die Urte hat den Wechsel ausgeschnitten – sie hat ihre Rache haben wollen.« Er erzählte mit hastigen Worten, wie er dahintergekommen.

Ewes eben noch bleiches Gesicht überzog sich mit flammender Röte; die weißen Zähne waren fest verbissen und die Lippen ein wenig geöffnet; die Brust hob und senkte sich rasch. Das Bündel hatte sie mit beiden Händen gefaßt, und die Finger knüpften an dem Tuche. Sie sprach kein Wort, und Endrullis ließ ihr eine Weile Zeit, mit ihren Gedanken fertig zu werben. Erst nachdem sie eine Strecke vorwärtsgegangen waren, fragte er. »Kannst du mir verzeihen, Ewe?«

»Verzeihen!« rief sie; »das paßt nicht mehr zu uns beiden. Früher wär's vielleicht gut genug gewesen, aber jetzt . . .« Sie brach in ein heftiges Weinen aus.

Er legte den Arm um ihre Schulter. »Was hast du, Ewe?« fragte er bekümmert.

»Gott hat es so gefügt«, schluchzte sie, »daß wir nicht mehr voneinander können mit leichten Worten. Ich habe dich einmal zu lieb gehabt, und das wird bald offenkundig werden vor aller Welt. Da ist's mit dem Verzeihen nichts. Kann's nicht sein, wie es gewesen ist, so kann's doch auch nicht bleiben, wie es ist. Im Gefängnis, Mikelis, als ich ganz mit mir allein war – da ist mir's zur Gewißheit geworden . . . Ach Gott, ach Gott! Warum hat das jetzt geschehen müssen?«

Er horchte auf und glaubte zu verstehen. »Ewe«, rief er, »ist's möglich –? Eine solche. Hoffnung . . .! Ja, dann können wir nicht mehr voneinander; dann ist's nicht mehr genug, daß du mir verzeihst – dann mußt du mich wieder lieben wie vordem . . . oh, mehr noch, viel mehr!« Er zog sie an sich und küßte ihr die Tränen von den Augen und Wangen.

Sie ließ es eine kurze Weile geschehen. Dann aber schob sie ihn mit Heftigkeit von sich ab und sagte: »Voneinander können wir nicht – und zusammen auch nicht . . . Das rachsüchtige Weib, die Urte, steht zwischen uns. Es ist nur auf eine Weise gutzumachen – nur auf eine Weise. Ja, ja . . . nur auf eine Weise. Wenn du ein Mann bist –!«

Sie brach ab und sah ihn mit einem herausfordernden Blick an, der ihn im Tiefsten erbeben machte. »Woran denkst du?« fragte er mit zitternder Stimme.

»Wenn du ein Mann bist –«, wiederholte sie und ließ ihn wieder den Schluß erraten. Die Lippen zuckten höhnisch. »Wie bleich du geworden bist! Du bist Soldat gewesen und hast doch keinen Mut.«

»Ich habe Mut, Ewe . . .«

»Aber? Siehst du! Du hast den Mut, dich und mich verächtlich zu machen. Aber den Mut, die Schande von uns abzuwenden und zu beweisen, daß du mich liebst und mir ehrlich Wort halten willst, den hast du nicht. Auch jetzt nicht – nach dem, was die Urte dir gesagt hat und was ich dir gesagt habe. Geh! Du bist kein Mann!«

»Ewe – was soll geschehen . . .?«

Sie lachte auf. »Ich weiß es nicht. Weißt du's nicht, so kannst du's von mir nicht erfahren. Aber laß mich allein! Ich verzeihe dir, weil ich dich verachte.«

Endrullis riß die Jacke auf und griff in sein rotbuntes Halstuch, das ihn zu würgen schien. »Du sollst mich nicht verachten«, sagte er, die Worte aus der Kehle zwingend. »Du hast ganz recht, Ewe – ich wäre kein Mann, wenn das . . . Nur Geduld! Man muß es klug anfangen. Es kann ja nicht anders sein – und die Hexe verdient's. Nur Geduld! Der Wechsel soll eingelöst werden.«

Er reichte ihr die Hand hin und schüttelte die ihrige wie zur Bekräftigung seiner Worte. »Wir gehören zueinander«, rief er, »und wenn Gott uns nicht zusammenbringt, soll's der Teufel tun. Ich fürchte mich nicht vor ihm. Nur Geduld!«

Auf der Chaussee näherten sich Fuhrwerke. »Es ist besser«, fuhr er fort, »man sieht uns die nächste Zeit nicht beisammen. Ich habe oben an der Grenze zu tun. Die Juden wollen einmal ihr Glück an einer andern Stelle versuchen, man paßt ihnen hier schon zu sehr auf. Wenn sich etwas ereignen sollte – ich bin weit weg. Lebe wohl! Wenn wir uns wiedersehen, kannst du die Hochzeit bestellen.«

Er schwang sich auf den Fuchs und jagte wie toll davon.

IX.

Acht Tage darauf fand man die Wirtsfrau Urte Endrullene des Morgens tot in ihrem Bett. Der Schädel war ihr gespalten; augenscheinlich war sie im Schlaf getroffen, und ein einziger Hieb hatte hingereicht, sie für ewig stumm zu machen.

Das Gericht wurde herausbeordert. Die Ärzte stellten fest, daß der Schlag von hinten her mit einem scharfen und wuchtigen Instrumente geführt sein mußte, einer Axt oder einem Beil. Das Handbeil, das stets auf dem Herd lag, war vermißt worden und trotz allen Suchens nicht aufgefunden. Der Knecht schlief im Stall bei den Pferden, die Magd in einer entlegenen Kammer; sie hatten in jener Nacht nichts Verdächtiges wahrgenommen, nicht einmal die Hunde bellen gehört. An dem hinteren Giebel des Hauses war eine Leiter angelehnt; die Luke nach dem Heuboden stand offen, der hölzerne Riegel, welcher sonst die Lade von innen schloß, zeigte sich abgebrochen. Der Knecht meinte, es hätte keines großen Aufwandes von Kraft dazu bedurft, da das Holz morsch gewesen. Schon bei der letzten Heuernte wäre davon gesprochen worden, daß nächstens ein neuer Riegel eingezogen werden müsse. Der Heuboden war von dem übrigen Bodenraum nur durch eine leichte Holzwand getrennt; hier war am Schornstein, wo sie ohnedies nicht genau anschloß, ein Brett vom unteren Nagel gelöst und zur Seite geschoben; durch die Öffnung konnte sich ein Mensch zwängen. Nun war leicht die Treppe zu erreichen gewesen, die in den Herdflur hinabführte, von dort die Schlafstube. Zurück hatte der Eindringling nicht denselben Weg genommen, sondern ein Fenster in der anstoßenden Kammer geöffnet und durch dasselbe einen Sprung ins Freie getan. Auf den Dielen waren Blutstropfen bemerkbar, die wahrscheinlich von dem Beil, das er in der Hand gehalten haben mußte, abgefallen waren. Unter dem Fenster befand sich ein Steinpflaster, das keine Fußspur festhalten konnte. Kästen und Schränke waren unversehrt bis auf eine Schieblade unten in dem großen eichenen Kleiderspind, in der die Wirtsfrau ihre Papiere aufbewahrte. Sie war mit dem richtigen Schlüssel geöffnet und offenbar durchsucht, da die Dokumente und Briefschaften teilweise auf dem Fußboden lagen. Ob irgend etwas von dem früheren Inhalt fehlte, ließ sich nicht ermitteln.

Die Untersuchung wurde mit aller Peinlichkeit geführt, ergab aber nicht das geringste Resultat. Unzweifelhaft war die Frau ermordet; sehr wahrscheinlich handelte es sich um einen Akt der Rache, aber auf den Täter führte keine sichere Spur.

Auch gegen Mikelis Endrullis lenkte sich natürlich der Verdacht, aus gewichtigen Gründen gegen ihn zunächst. Aber man wußte ja nichts davon, daß Urte ihm den Wechsel entwendet hatte, und selbst die Vermutung, daß er sich ihrer habe entledigen wollen, um Ewe Purwins heiraten zu können, wurde dadurch sehr geschwächt, daß die Nachbarn bezeugen mußten, die beiden wären im Streit geschieden. Hatte er sich dann doch auch nicht gescheut, sie auf die Anklagebank zu bringen! Dazu kam, daß er seit jenem Gerichtstage nicht mehr im Dorfe gesehen war und nachweisen konnte, sich mehrere Meilen davon diesseits und jenseits der Grenze aufgehalten zu haben. In jener Nacht war er mit zwei Fäßchen voll Schnittwaren hinübergeritten und hatte am Morgen ein Renkontre mit russischen Soldaten gehabt. Sie hatten ihn verfolgt, und sein Pferd war gestürzt; die kannten den Fuchs genau und wußten, welcher Reiter dazu gehörte, auch wenn derselbe ihnen zu Fuß im Heidegestrüpp entkommen war. Die Zeitangaben der Zeugen konnten freilich nicht für ganz zuverlässig gelten, zumal sie unter sich selbst erheblich abwichen; aber die Nacht stand fest, und es blieb mindestens höchst unwahrscheinlich, daß jemand, der abends spät und morgens früh dort gesehen war, in den wenigen Stunden, über die er sich nicht bestimmt ausweisen konnte, in dem meilenweit entfernten Dorfe tätig gewesen war. So ergab sich nicht einmal genügender Grund zu seiner Verhaftung. Nachdem viel Tinte verschrieben war, mußte doch der Herr Staatsanwalt die Akten zurücklegen, da auf die dunkle Tat kein Licht fallen wollte.

Nun hielt Endrullis es nicht mehr für gewagt, sich wieder im Dorf blicken zu lassen. Er kehrte bei seinem Schwager Grillus ein und arbeitete für ihn. Es hieß, er habe in Rußland sein Pferd verloren und könne deshalb nicht mehr über die Grenze reiten. Die Nachbarn selbst meinten, er täte am besten, sich mit Ewe wieder auszusöhnen, da ihrer Verbindung ja jetzt kein Hindernis mehr entgegenstehe. Die Frauen übernahmen die Vermittlung und fanden Ewe nicht abgeneigt. Sie hatte ja auch in ihren Augen den besten Grund, sich dem Ausgleich nicht zu widersetzen. So kam's, daß Endrullis nach einigen Wochen wieder zu ihr zog und das Aufgebot bestellt wurde.

An dem Tage, als der Pfarrer ihre Namen von der Kanzel verkündete, waren sie in der Kirche. Endrullis kniete während des ganzen Gottesdienstes und hatte meist den Kopf auf die Arme gestützt, oder die Augen fest auf das Gesangbuch geheftet. Er versuchte auch mitzusingen, aber es war, als ob der Ton nicht aus der Kehle wollte. Als sein Blick einmal auf den gekreuzigten Christus über dem Altar fiel, dem die großen Blutstropfen unter der Dornenkrone über die Stirn perlten, schauerte er sichtlich zusammen und stützte die Schulter gegen den Holzpfeiler. Noch ehe der letzte Vers gesungen war, verließ er die Kirche. Er mußte an der Bank vorüber, auf der die Gaidullene saß; sie nickte ihm grüßend zu.

Er fuhr mit Ewe nach Hause. Die Altsitzerin konnte zu Fuß gehen, da in ihrer Verschreibung Kirchenfuhren nicht vorgesehen waren. Als er die Pferde abgeschirrt und gefüttert hatte, kam sie an der Stalltür vorbei und sagte: »Es hätte deine Brannen wenig beschwert, wenn die alte Frau auf den Wagen genommen wäre.«

»Mach's ein andermal mit der Ewe aus«, antwortete er, »sie ist die Wirtin.«

»Und du willst der Wirt werden, darum halte ich mich an dich. Mit der Ewe spreche ich nur, wenn ich muß, aber dir rate ich, keinen Platz frei zu lassen, wenn du am Kirchhof vorüberfährst. Es könnte da leicht jemand aufsitzen, der den Pferden zu schwer ist.«

»Was willst du damit sagen?« fuhr er sie an. Es war zu merken, wie er erschrak und im Gesicht bleich wurde.

»Nichts, mein Söhnchen, nichts«, zischelte sie, »es ist nur ein alter Aberglaube – der Herr Pfarrer hält nichts davon. Die Toten sind tot und begraben. Aber ich hätte letzte Nacht schwören mögen, daß die Urte unter den Erlen am Bach heranschlich und durch die Hintertür in den Stall eintrat – in diesen Stall. Sie hatte ein weißes Tuch um den Kopf gebunden, damit der Schädel besser zusammenhielt.«

»Was geht mich die Urte an?« rief er mit gepreßter Stimme, scheu in die Ecke des Stalles blickend.

Die Alte trat auf die Schwelle. »Sie ist doch deine Frau gewesen, Mikelis, und jetzt soll die Ewe deine Frau werden, und heute war das erste Aufgebot. Da ist's doch kein Wunder, daß sie sich meldet. Die Herren haben gesagt, daß sie mit einem Beil erschlagen sei. Du weißt doch, wo sie ihr Beil neben dem Herd zu verwahren pflegte? Bist ja lange genug in ihrem Hause der Wirt gewesen. Kein anderer weiß das so gut.«

Er hob die Pferdeleine vom Pflock und schüttelte sie in der aufgehobenen Hand. »Fort da, du Hexe!« schrie er, ganz blau im Gesicht. »Fort da, oder . . .«

Sie stand ganz ruhig. »Schlage mich nicht, Mikelis, es könnte dich gereuen«, sagte sie. »Alte Leute haben keinen festen Schlaf, und nicht immer wird man ihnen auf den Kopf sagen können, daß sie geträumt haben. Ich kann meine Zunge hüten, und wenn wir gute Freunde sind, Mikelis, nehme ich ins Grab mit, was ich weiß.«

Er ließ den Arm sinken und mühte sich zu lachen. »Was weißt du denn, was –?« fragte er spöttisch. »Hast du belauscht, was die Elstern auf dem Dach zusammen plappern, oder hat dir die schwarze Katze mit den grünen Augen etwas erzählt? Die Erdme will behaupten, daß du sie stets zu dir ins Bett nimmst.«

»Sie kommt gern zu mir – hi, hi, hi! denn ich tu ihr Gutes. In jener Nacht aber sprang sie von meinem Bett und schlüpfte durch das Loch der Tür. Es ist möglich, daß sie etwas gesehen hat mit ihren grünen Augen. Die Katzen sehen auch im Dunkeln.«

»Und ein altes Weib, das mit einer schwarzen Katze verkehrt, sollte man als Hexe verbrennen – hi, hi, hi!«

»Lache nur, mein Söhnchen, lache nur – du kannst lachen. Die Urte ist tot, und du wirst die Ewe heiraten und wirst hier der Wirt werden. Du kannst lachen. Aber sicher ist sicher. Warum willst du dich nicht mit mir gut stellen? Wenn ich Frieden habe, ist alles gut. Die Ewe gibt mir unreines Getreide und schlecht geschwungenen Flachs und sandiges Kartoffelland; sie streitet mir die Eier ab, die meine Hühner legen, und schlägt die Äpfel von meinem Baum, ehe sie reif sind. Und jetzt, nachdem ich gegen sie hab' zeugen müssen, treibt sie's gar arg und möcht' mich am liebsten vom Hofe jagen. Nicht die Stelle auf dem Feuerherd gönnt sie mir, worauf ich meinen Kochtopf stelle. Sieh zu, daß das anders wird, wenn du Wirt bist. Ich kann schweigen, aber ich kann auch sprechen.«

»Die Ewe behandelt dich, wie du's für deine Lästerzunge verdienst. Was kannst du sprechen? Sag's in Teufels Namen.«

»Du bist klug, Mikelis, aber so dumm, wie du denkst, bin ich auch nicht. Du sollst mir noch hundert Taler zahlen, damit ich nur schweige. Ich will dich etwas fragen, mein Söhnchen. Wo ist denn dein Fuchs geblieben?«

Er lachte. »Das ist kein Geheimnis. Er ist drüben gefallen, als die Grenzreiter mich verfolgten.«

»Und weshalb ist er gefallen? Er war ein kräftiges, schnelles Tier und hat dich schon manchmal gut durchgebracht. Aber in *der* Nacht war er so viele Meilen gelaufen, daß ihm die Knie zitterten, und hatte überdies ein Hufeisen verloren —«

»Wer will das behaupten . . .?«

»Einer, der die Fußspur im Bruchlande gesehen hat. Ich bringe da täglich meine Kuh auf die Weide, wo die Erlen anfangen. Auf dem harten Wege war freilich nichts davon zu bemerken. Das Eisen am rechten Vorderhuf, mein Söhnchen. Und wie mag's denn gekommen sein, daß hinten an unserm Holzstall ein Brett losgerissen und nur leicht mit den Nägeln wieder eingesteckt war? Wer da hineingegangen ist, hat sich tüchtig zwängen müssen.«

»Das kann wohl sein. Wer aus des Nachbars Stall Holz holt, mag zusehen, wie er hinein- und hinauskommt – das hast du wohl schon erfahren.«

»Glaubst du? Passe nur gut auf, wenn du der Wirt bist. Aber zum Dritten und Letzten will ich dich fragen: wo sind die zwei Knöpfe von deiner Jacke geblieben, Mikelis?«

Er ließ scheu einen raschen Blick über seine Brust hinabgleiten. »Zwei?«

»Ja, zwei. Es sind ihrer freilich noch genug an der Jacke.«

»Was geht es dich an?«

»Nichts. Aber wenn einer davon etwa gefunden sein sollte, was gibst du dafür? Hundert Taler sind nicht zuviel.«

Er trat vor und stieß sie gegen die Brust, daß sie von der Schwelle zurücktaumelte. »Keinen Pfennig, verdammte Hexe«, schrie er, »keinen Pfennig! Meinst du klüger zu sein als die Gerichtsherren und mich schröpfen zu können? Bin ich der erste, dem die Knöpfe an der alten Jacke nicht festsitzen? Trolle dich und hüte dich, mir in den Weg zu kommen, wenn dir deine Knochen nicht weh tun sollen. Ich verstehe keinen Spaß.«

Die Alte humpelte fort. »Wie du willst, mein Söhnchen, wie du willst«, zischelte sie. »Aber wenn du dich anders besinnen solltest – hundert Taler sind jetzt zu wenig. Du hast mich vor die Brust gestoßen, das kostet noch fünfzig. Wenn du so viel Geld nicht gleich bei der Hand hast, bin ich auch mit einem Papier zufrieden – so einem wie die Ewe dir gegeben hat. Du verstehst dich ja darauf. Vierzehn Tage will ich dir Zeit lassen, die Sache zu überlegen; aber vor der Hochzeit muß ich wissen, woran ich bin.«.

Endrullis biß die Zähne zusammen und murmelte etwas in sich hinein. Eine Weile stützte er den Kopf gegen den Pfeiler und versenkte sich in seine Gedanken. »Unsinn!« rief er dann. »Was kann sie wissen? Sie reimt sich's zusammen. Keinen Pfennig soll sie haben, aber bei nächster Gelegenheit eine tüchtige Tracht Schläge. Merkt sie, daß man Furcht vor ihr hat, so hört sie nicht auf zu fordern.« Er sah dabei doch nicht aus, wie einer, dem wohl zumute war.

Zu Ewe sagte er: »Das alte Weib hat nichts Gutes im Sinn. Nach ihren Jahren hätte der Teufel sie schon längst holen können.« Und nachts, als er nicht schlafen konnte, weckte er sie und erzählte ihr, was die Gaidullene gesprochen hatte. Ewe antwortete nur: »So ist's Zeit.«

X.

Hatte die Altsitzerin sich früher oft genug über Ewes Unfreundlichkeit zu beklagen gehabt, so änderte sich nun plötzlich ihr Benehmen ganz und gar. Sie gab ihr gute Worte, zog sie zu leichter Arbeit im Hause heran und bezahlte sie dafür über Gebühr. Auch schenkte sie ihr einen neuen Rock und ein Tuch und ein schönes Gesangbuch, und einmal sagte sie ihr: »Du kannst es gut bei mir haben, wenn du auf meiner Seite stehst. Ich kann dem Mikelis nicht überall aufpassen, und ich glaube, die Erdme gefällt ihm mehr, als der Frau lieb sein kann. Habe die Augen darauf und laß mich wissen, was du siehst. Wir wollen zusammenhalten.« Dabei zwinkerte sie listig mit den Augen.

Die Alte traute ihr noch nicht recht. Einige Tage vor der Hochzeit hatte Ewe Flinsen gebacken. Sie rief die Gaidullene hinein, gab ihr einen Topf Kaffee und bot ihr von dem Gebäck an. Sie teilte mit ihr, was sie auf dem Teller hatte, und aß selbst davon. »Sage mir, ob die Flinsen gut geraten sind«, bat sie, »ich will sie gerade so bei der Hochzeit für die Gäste backen lassen und die Eier nicht sparen.« Auf einem andern Teller lag noch mehr davon. »Ich habe zu reichlich für die Probe Mehl genommen«, fuhr sie fort. »Und es bleibt mir zuviel übrig. Nimm diese Flinsen in deine Kammer mit und iß sie, wenn du Hunger hast.« Sie streute dick Zucker darauf und wickelte sie in ein Papier. Die Alte dankte und ging.

Aber die Freigebigkeit der Wirtin kam ihr doch sehr verdächtig vor. Sie wußte, daß sich schon mancher Altsitzer in Litauen an solchen Flinsen den Tod gegessen hatte, und der Zucker hatte so eigen geglitzert. Sie entschloß sich rasch und warf das Päckchen beim Vorübergehen in den Schweinetrog.

Wenige Stunden später hörte sie Endrullis laut fluchen und wettern. Das größte von den Tieren war dem Verenden nahe. Die Magd wußte keine andere Erklärung zu geben, als daß das Schwein eine giftige Ratte gefressen haben müßte. Die Gaidullene hielt's für geraten, sich eiligst aus dem Staube zu machen und nicht so bald wieder blicken zu lassen. Als Ewe ihre Kammer leer fand, meinte sie: »Die ist über Land gegangen und hat Wegekost mitgenommen. Wer weiß, in welchem Graben man sie findet.«

Am Hochzeitstage, als sich in dem geschmückten Hause die Gäste schon versammelt hatten und die Fuhrwerke in langer Reihe vor der Tür standen, sie nach der Kirche zu bringen, und Ewe die Glückwünsche der Nachbarn in Empfang nahm: daß nun doch endlich alles so gekommen sei, wie es nach der richtigen Art hätte von Anfang an kommen müssen, fuhr auch ein städtischer Wagen auf der Dorfstraße vor. Er hielt vor dem Hause. Zwei Herren sprangen ab.

»Der Herr Kreisrichter!« lief's von Mund zu Mund, und alle Blicke richteten sich auf Endrullis, der Ewe bei der Hand hielt und scharf von der Seite ansah, als erwarte er von ihr einen Rat. »Schnell zu Pferde«, zischelte sie, »und über die Grenze!«

Er trat ärgerlich mit dem Fuß auf. »An unserm Hochzeitstage –«

»Sie kommen deinetwegen, Mikelis.«

»Sie können mir nichts beweisen. Laufe ich fort, so bin ich schuldig.«

»Aber du bist frei.«

Er blickte zum Fenster hinaus auf die Straße. Eben kam der Gendarm angeritten. »Es ist auch zu spät zur Flucht. Ja – wenn der Fuchs noch im Stalle stände –!«

Nun trat der Richter ein und sagte: »Michael Endrullis, es tut mir leid, daß ich das Hochzeitsfest stören muß. Ich will wünschen, daß ich dich und deine Braut nicht lange aufzuhalten brauche. Das Gericht hat aber guten Grund, bei dir eine Haussuchung zu halten. Ich frage dich: Bist du in der Nacht, als deine abgeschiedene Frau ermordet wurde, hier im Dorf gewesen?«

»Ich weiß nichts davon, daß sie ermordet ist«, antwortete er, finster zur Erde blickend.

»Antworte geradeaus«, forderte der Richter. »Bist du hier im Dorfe gewesen oder nicht?«

»Ich bin drüben in Rußland gewesen – mein Pferd ist gefallen – es ist durch Zeugen erwiesen.«

»Und hier im Dorfe warst du nicht? Sieh mich an!«

Endrullis bemühte sich, dem Richter fest in die Augen zu sehen. »Wer sagt, daß ich hier im Dorfe gewesen bin?«

»Das sollst du später erfahren. Ja oder nein?«

»Nein! Ich kann nicht durch die Luft fliegen.«

»Wo sind deine Kleider, die du damals getragen hast – in Rußland natürlich.«

Endrullis warf den Kopf zurück. »Sie sind doch schon einmal untersucht, und es hat sich nichts Verdächtiges daran gefunden.«

»Keine Blutspur, das ist richtig. Aber im Protokoll steht geschrieben, daß an der Jacke zwei Knöpfe fehlten. Die fehlten schon lange, nicht wahr? So hast du früher behauptet.«

»Was ich gesagt habe, ist wahr.«

»Zeige doch die Jacke noch einmal vor.« Sie wurde herbeigebracht. Der Richter wickelte aus einem Stück Papier einen Knopf und verglich ihn mit denen an der Jacke. »Diese Knöpfe stimmen genau überein, das wirst du selbst zugeben müssen.«

»Es tragen viele Litauer solche Knöpfe, Herr.«

»Aber dieser hat offenbar hier gesessen; die Fäden sind scharf durchgeschnitten und passen der Zahl nach zusammen.«

Endrullis versuchte zu lachen. »Das kann ja sein, Herr. Wenn ich ihn verloren habe, kann ihn auch wohl einer gefunden haben.«

»Ganz richtig. Und weißt du auch, wo ihn einer gefunden hat?«

»Was geht mich das an?«

»An der hinteren Ecke des Holzstalles hier auf dem Hofe neben einem losen Brett der Verkleidung.«

Der Litauer besann sich einen Augenblick. Es kam nun darauf an, vorsichtige Antworten zu geben. »Warum soll er da nicht gefunden worden sein, Herr?« fragte er dann zurück. »Seit länger als einem Jahre gehe ich hier auf dem Grundstück herum und habe die Jacke immer getragen.«

»Aber der Knopf ist dort gerade am Morgen nach jener Nacht gefunden.«

»Das lügt die Gaidullene.«

»Die Gaidullene? Wie weißt du, daß von der die Rede ist?«

»Weil sie mir den Knopf für hundert Taler angeboten hat, Herr. Ich habe sie ausgelacht und fortgejagt. Dafür rächt sie sich nun durch falsches Zeugnis.«

Das ließ sich hören. »Gehen wir nach dem Stall«, sagte der Richter. »Ist in jener Nacht jemand an der Stelle, wo das Brett losgebrochen sein soll, eingedrungen, so wird er auch wohl einen Zweck dabei verfolgt haben. Wo ist der Stall?«

Endrullis zeigte widerwillig den Weg. Ewe, die ihn begleitete, sprach viel von der Schlechtigkeit und Rachsucht der Altsitzerin, die für ein Quartier Branntwein falsch schwöre.

Im Stall lag Holz und Torf, an einem Hauklotz eine Axt. In einer Ecke stand ein Spaten. »Steht der Spaten immer hier?« fragte der Richter. »Wozu wird er gebraucht?«

»Den Torfgrus einzusacken«, erklärte Ewe, »aber der Stall ist lange nicht gereinigt.« Endrullis war ganz still geworden.

Der Richter ließ das Holz hinauswerfen. Unter demselben zeigte sich am Boden eine Stelle, etwa einen Fuß im Geviert, von dunklerer Farbe. Die schwarze Erde lag hier obenauf, nur dünn mit Holzabfällen bestreut. »Hier wollen wir nachgraben.«

Nach wenigen Minuten stieß der Spaten auf klingendes Metall. Bei diesem Klange zuckte Endrullis zusammen, und Ewe warf ihm einen ängstlichen Blick zu. Der Richter bückte sich und hob aus dem Loch ein Beil. Die schartige Seite war mit einer dunklen Masse überzogen, an welchem lange Haare hingen. »Nun –? Wem gehört das Beil, Endrullis?«

»Ich weiß es nicht. Es kann da lange gelegen haben. Das Grundstück gehört mir noch nicht.«

Der Richter zeigte das Beil den Umstehenden. »Wem hat das Beil gehört?«

»Der Urte Endrullene«, sagte der Ortsvorstand nach einigem Zögern. »Ich erkenne es an den drei Kreuzen am Stiel.«

»Und mit diesem Beil ist sie erschlagen. Wer hat es hier vergraben, Endrullis?«

»Warum fragst du *mich* das, Herr?« Die Lippen zitterten merklich beim Sprechen.

»Das will ich dir sagen«, antwortete der Richter, der sich nochmals über das Loch im Erdboden gebückt und mit der Hand die lose Erde durchsucht hatte. Er nahm jetzt einen kleinen Gegenstand auf und hielt ihn zwischen den Fingern ihm vor die Augen. »Da ist der zweite Knopf, der an deiner Jacke fehlt. Der erste war beim Zwängen durch die Brettöffnung sogleich abgetrennt und draußen niedergefallen; der zweite hing noch lose am Faden und fiel hier neben dem Beil in die Grube. Willst du noch die Tat leugnen?«

Endrullis schwieg. Seine Lippen waren blau, die Augen richteten sich stier auf den Knopf.

»Du hast das Beil in der Hand behalten«, fuhr der Richter fort, »als du aus dem Fenster sprangst, und dann hast du es nicht fortwerfen wollen, damit es nicht die Tat vor der Zeit verraten sollte. So bist du auf den Gedanken gekommen, es hier zu vergraben. Dein Pferd stand in der Nähe am Torfbruch unter den Erlen.«

Endrullis schüttelte den Kopf, aber die Stimme versagte ihm. Ewe schluchzte laut und rief: »Er ist unschuldig – sie wollen ihn verderben.«

Der Richter sprach die Verhaftung aus. Ewe hing sich an ihn und wollte ihn nicht fortlassen. Als der Gendarm sie mit Gewalt von ihm trennte, riß sie ihren Brautkranz aus dem Haar und schleuderte ihn in die Grube. Dann brach sie zusammen.

In der letzten Stunde war sie um ihr Glück betrogen.

Aber auch jetzt noch gab sie den Mann, den sie liebte und der sich ihretwegen versündigt hatte, nicht verloren. Eines Tages rief sie Grillus zu sich und bat ihn, auf ihr Grundstück acht zu geben; es könnte sein, daß sie längere Zeit ausbliebe. Sie zog dann mehrere von ihren Röcken und Jacken übereinander, packte Wäsche in ein Bündel und ging zu Fuß fort, ohne zu sagen, wohin.

Sie kam nach der Stadt und umkreiste das Gefängnis, ob Endrullis sich nicht erspähen ließe. Und endlich glaubte sie wirklich mit ihren scharfen Augen hoch oben hinter dem Eisengitter eines kleinen Fensters sein Gesicht zu erkennen. Die beiden Hände hatten die Eisenstäbe erfaßt, und es reckte sich zwischen ihnen hinauf, gespenstisch bleich. Sie nahm ihr Kopftuch ab und winkte damit. Er schien aufmerksam zu werden und zu nicken. Aber die Entfernung war zu groß, um deutlich etwas zu erkennen oder sonst ein Zeichen der Verständigung geben zu können.

Ewe fragte einen von den Beamten, ob er nicht eine Magd brauche. Sie solle sich an den Herrn Inspektor wenden, lautete die Antwort; der habe gerade eins von den Mädchen entlassen müssen, die in der Küche arbeiteten. »Ich denke, wir haben einander schon einmal gesehen«, meinte der Inspektor, der sich ihrer flüchtig erinnerte. »Ja«, sagte sie, »und es geht mir seitdem schlecht. Wer im Gefängnis gesessen hat, bekommt schwer einen Dienst, und ich will doch gern arbeiten.« Sie wurde als Magd angenommen.

In der Küche waren meist Gefangene beschäftigt. Einige derselben hatten den Bedarf an Holz und Kohlen herbeizuschaffen, andere mußten das Brot und die großen Kübel mit den zubereiteten Speisen abholen und in die Korridore hinauftragen. Mit einem Blechmaß wurde dann in Gegenwart des Aufsehers jedem Gefangenen sein Teil in eine Schüssel geschöpft. Denen, die ihre Zelle nicht verlassen durften, wurde das Essen zugetragen. Ewe bewies sich so tätig und wußte sich bald so viel Vertrauen zu erwerben, daß sie bei diesen Verteilungen oft zugegen sein und dabei helfen durfte. Durch gelegentliche Fragen erfuhr sie auch, wer in den einzelnen Zellen gefangen saß. Endrullis war in der letzten rechts im obersten Gange verschlossen.

Mitunter wurden die Gefangenen, gegen welche die Untersuchung noch schwebte, vormittags von den Schließern hinab und über den Hof nach dem Gerichtsgebäude zu ihrer Vernehmung vor den Richter geleitet. Ewe wußte sich um diese Zeit in der Nähe der Ausgangstür etwas zu schaffen zu machen und lauerte, bis die Reihe einmal an Endrullis käme. Lange wartete sie vergeblich. Endlich wurde er vorübergeführt, eine Hand und einen Fuß gekettet. Er stutzte, als er sie sah, verstand aber sogleich das Zeichen, das sie ihm gab, zu schweigen. Während sie den Finger der linken Hand auf den Mund legte, hob sie mit der rechten ein wenig den Rock. Das sollte für ihn Bedeutung haben, wie er sogleich merkte. Seine matten Augen glänzten einen Moment lebhafter.

Sie wußte, daß die Zellen der Gefangenen, die zum Verhör geführt wurden, bis zu deren Rückkehr unverschlossen zu bleiben pflegten. Die beiden Schließer begleiteten Endrullis über den Hof. Sie konnte, ohne daß es bemerkt wurde, hinaufeilen und in seine Zelle eintreten. Dort löste sie schnell die Bänder von ihren unteren Röcken, ließ sie zur Erde fallen, wickelte sie zusammen und schob das Päckchen in das Bett. Dazu brauchte sie nur wenige Sekunden Zeit. Als der Aufseher zurückkam, war sie längst wieder in der Küche bei ihrer Arbeit.

Bald darauf fand sie einmal mittags Gelegenheit, eine kleine Feile, die sie von Hause mitgenommen hatte, in die Schüssel gleiten zu lassen, die für Endrullis bestimmt war. Sie zweifelte nun nicht, daß er in einer der nächsten Nächte die Eisenstäbe durchfeilen, die Röcke zu Streifen zerreißen und sich daran hinablassen würde. Entkam er glücklich aus dem Gefängnis, so erreichte er wohl auch die Grenze und war in Sicherheit. Drüben hoffte sie dann mit ihm zusammenzutreffen.

Eines Morgens in der Frühe, sie war kaum vor einer Stunde eingeschlafen, wurde sie durch laute Stimmen in der Nähe ihrer Schlafstube geweckt. Der Inspektor verhandelte mit einigen Leuten, die von der Straße hereingekommen waren und von einem Unglücksfall berichteten. »Ist er tot?« fragte der Inspektor. »Mausetot«, lautete die Antwort, »er muß sich auf dem Pflaster das Genick abgestürzt haben.«

»Und aus dem obersten Eckfenster, sagt ihr?«

»Da hängt wenigstens etwas wie ein Strick heraus. Er ist abgerissen, und das längste Stück hat er noch in der Hand. Es scheinen lauter Streifen von Weiberröcken zusammengeknüpft zu sein. Wie kann das lose Gewebe auch einen schweren Menschen tragen?«

Der Inspektor hatte sich inzwischen angekleidet und ging mit den Leuten fort; den Aufseher schickte er zur Revision der Zellen hinauf.

Ewe hatte sich im Bett aufgerichtet und gespannt gehorcht. Es war, als ob ihr das Herz stillstand; sie atmete nicht, aber in ihrer Stirn hämmerte das Blut mit fieberhaft raschen Schlägen. Eine Minute lang waren ihr die Glieder wie gelähmt; dann trieb sie die Angst auf. Nur mit einem Rock und Tuch bekleidet, stürzte sie hinaus, dem Inspektor nach.

Da lag einen Schritt von der Mauer Michel Endrullis regungslos. Die Leute richteten ihn auf, aber der Kopf sank zurück. Die Schädeldecke war zerbrochen, Blut stand vor dem Munde.

Ewe warf sich aufkreischend über den Toten. Sie hielt ihn so fest, daß es erst nach längerer Zeit den Männern gelang, sie von ihm loszureißen. Dann schien sie ganz kraftlos und ohne Willen; man mußte sie ins Haus tragen. Dort gab sie auf alle Fragen keine Antwort, kauerte in einer Ecke ihrer Kammer und wimmerte kläglich.

Sie wurde einige Wochen gefangengehalten, dann aber entlassen, weil der Arzt ihren Geist für gänzlich verstört erklärte. Man hatte Grillus benachrichtigt, der sie nun mit einem Fuhrwerk abholte und in ihr Haus zurückbrachte.

Nach einigen Monaten gab sie einem Kinde das Leben. Es war ein Knabe, und sie nannte ihn, ehe er noch getauft war, Mikelis. Man hoffte, daß sie nun wieder zu gesundem Verstande kommen werde, und wirklich nährte und wartete sie das Kind mit größter Zärtlichkeit und Bedachtsamkeit.

Bald aber zeigte sich ein wundersam scheues Wesen. Sie ließ das Kind nicht mehr vom Arme, nachts nicht von der Seite. Im Schlafe schreckte sie plötzlich auf und riß es mit gellendem Aufschrei an die Brust. Jeden, der sich dem Kinde näherte, verfolgte sie mit lauernden Blicken. Sie schien zu argwöhnen, daß man es ihr fortnehmen wolle. Ließ die Gaidullene sich nur auf der Schwelle sehen, so geriet sie in heftiges Zittern, worauf ein Wutausbruch zu folgen pflegte. Aus ihren abgerissenen Reden ließ sich entnehmen, daß sie von der Vorstellung gequält wurde, man wolle das Kind ins Gefängnis bringen und es für seinen Vater büßen lassen. »Sie sagen, es wird keiner mehr hingerichtet«, murmelte sie, »aber so gewiß ist's doch nicht . . . Er hat's getan, aber ich hab's ihm geheißen . . . und deshalb, meinen sie, gehört ihnen das Kind. Oben in der Zelle steht eine Wiege neben seinem Bett . . . die Ketten haben sie versteckt, aber ich sehe sie unter dem Stroh liegen. Wenn einmal die Tür geschlossen ist, ist's vorbei . . . und täglich schleifen sie das Beil – schirp, schirp, schirp – auf dem großen Schleifstein. Hört nur: schirp, schirp, schirp . . .«

Dann mochte das Kind ihr auch in ihren Armen nicht mehr sicher scheinen. Sie schlich heimlich mit ihm fort und versteckte es, bald in einer Kammer des Hauses, bald in einem Winkel der Klete, bald auf dem Heuboden. Mitunter mußte stundenlang gesucht werden, bis man es fand. Endlich schien die Gefahr für das junge Wesen so groß, daß man sich zu seinem Besten zu einem Gewaltschritt entschloß.

Als das Kind einmal wieder mit Mühe in seinem Versteck aufgefunden war, trug man es fort und brachte es zu ihrer Schwester, ohne daß sie es bemerkte.

Sie aber glaubte, man habe diesmal nicht hinter ihre Schliche kommen können und gab darüber kindische Freude zu erkennen. Erst am andern Tage fing sie selbst an zu suchen, suchte in allen Winkeln und fand nichts. »Du hast das Kind gut versteckt«, sagte ihre Schwägerin, »und kannst nun ganz ruhig sein. Das finden die Herren vom Gericht nicht.«

Ewe sah sie lächelnd an und nickte dann zustimmend. »Das finden sie nicht.«

Sie wurde nun ganz still und in sich verschlossen. Manchmal bewegte sie stundenlang die leere Wiege hin und her; das war ihre einzige Beschäftigung.

Nach einem Jahre fing sie an, körperlich zu kränkeln und abzumagern. Speise und Trank mußte man ihr fast gewaltsam einflößen.

Eines Morgens fand man sie tot. Die kalte Hand lag auf dem Rande der Wiege.

www.ingramcontent.com/pod-product-compliance
Lightning Source LLC
LaVergne TN
LVHW051313200726
843510LV00010B/1390